～ゆめゆめこのじ

西田大輔

論創社

*目　次

装丁／サワダミユキ
デザイン協力／坂本華江

ゆめゆめこ⃝のじ

登場人物

秋雪《あきみ》……　花街にやってきた出雲の幼馴染み。かつて江戸吉原で看板を張った遊女。
出雲《いづも》……　秋雪にずっと想いを寄せる遊郭の遣手。

水狼花《くじばな》太夫……　花街で看板を張る遊女。西郷隆盛と懇意の女。
香海《さらめ》太夫……　花街の遊女。桂小五郎と懇意の女。
おりょう……　坂本龍馬の婚約者。

坂本龍馬……　薩長同盟を画策する志士。土佐を脱藩し、薩長の間を奔走している。
西郷隆盛……　薩摩の豪傑。会合の約束を破棄し、長州藩との遺恨がある。
桂小五郎……　乞食に身をやつし、京都に潜伏する長州藩士。通称「逃げの小五郎」。
中岡慎太郎……　龍馬と共に、維新を夢見る土佐藩士。
中村半次郎……　「人斬り半次郎」の異名を持つ剣の使い手。薩摩藩士。

土方歳三……　鬼の新撰組副長。討幕を企てる志士達を狙っている。
新撰組隊士……　「壬生狼」と呼ばれた京都の人斬り集団。

――舞台は京都・花街。ゆめと呼ばれた遊女たちの儚くも絢爛な夜の町。

「この路の先には海がある。そしてその先には、何かがある」

これは、何時かの時間、何処かの国での、誰かの物語。
過去を捨てた女と、過去にすがる男。
未来を夢見る男と、今を夢見る女。
待ち続ける女と、走りすぎる男。
戦い続ける女と、戦いを待つ男。
京都に咲いた、たった二つの夜明けの物語。

――この国の歴史はね、遊女たちが創ってきたんだ。

PROLOGUE

舞台まだ暗い。さっきまで鳴り響いていた軽快な音楽は鳴り止み、辺りは深い闇に包まれる。

虫の音だけが響き始める中、舞台ゆっくりと明るくなっていく。

その場所は、墓前。

一人の女が、その場所に座り込み、手を合わせている。

名を、おりょう。

その場に入ってくる一人の女がいる。

名を、秋雪《あきみ》。

おりょう　あ……。
秋雪　……。

秋雪は深々とお辞儀をする。

照れたように、ぺこりと頭を下げるおりょう。

おりょう　本当に、ありがとう。
秋雪　いえ……。
おりょう　覚えててくれたんだ……嬉しい。
秋雪　……。
おりょう　どうぞ。

墓の前に座る秋雪。
ゆっくりと、手を合わせる。

おりょう　暑いわねぇ……今日は、もう冬だってのに……。
秋雪　……そうですねぇ。

ひぐらしの鳴く音が聞こえる。
おりょうは墓を見つめ、

おりょう　きっと、喜ぶわねぇ。
秋雪　……よく、来られてるんですか？
おりょう　あ、ううん。一年に一度……決まってこの日だけ。
秋雪　そう……ですか。

おりょう　でも……しばらく来れなくなるから。その前に、ちゃんと……ね。
秋雪　……どうして……ですか？
おりょう　私今……恋をしているから。

驚く秋雪。
微笑むおりょう。
やがて秋雪も、小さく微笑む。

秋雪　そうですか。それは……素敵ですねぇ。

無邪気に笑う二人。
ひぐらしの鳴く音が大きくなっていく。
舞台ゆっくりと始まっていく。

ACT1

祭りの音が響いている。
舞台明るくなると、一人の男が入ってくる。
名を、杉村出雲《いづも》。

出雲　こっちだよ……さあ、入って。

秋雪が仏頂面をしながら、部屋に入ってくる。

秋雪　……。
出雲　そんな面してちゃ駄目だよ。今日から座敷に入るんだから。
秋雪　……。
出雲　必ず覚えること。起きるのは辰の刻、それ以後の仮眠をしていいのは、太夫《たゆう》だけだからね。秋雪は未の刻には昼見世に出るんだから、それまでに全ての身支度を整えて置くように。

秋雪は黙って話を聞いている。

出雲　昼見世は申の刻には一旦閉めるから、その時間を使って文を書くなり、夜にあわせて疲れを取りなさい。そこからまた忙しくなるから。

秋雪　……。

出雲　夜見世は酉の刻から、丑の刻まで続く。そこが一番忙しく、一番大切な時間だ。これは、頼んであるから直接聞くといい。

秋雪　……。

出雲　聞いてるの、秋雪？

秋雪は返事をしない。

出雲　卯の刻に大抵の客は起きるから、それにあわせて送り出すこと。それからどの時間帯だろうと客が起きたらお前も起きる。後朝《きぬぎぬ》を忘れぬこと。それがお前たちの一日だ。

秋雪　……。

出雲　他の詳しいことは香海《さらめ》太夫を呼んであるから。今は休みの時間だけど、挨拶周りもあるんだから、気を緩めないようにね。大変かも知れないけど、それも立派な「ゆめ」の仕事だ。

何故か秋雪はその言葉だけ、耳に残る。

秋雪　ゆめ……？

出雲　ああ……この店ではね……そう決めたんだよ。遊女って名をやめ、ゆめにしようって……。

秋雪　どうして？

出雲　さあ、いつ誰が決めたのかも……どういう理由なのかもわからないんだけどね……。

秋雪　……。

出雲　やっとしゃべったね。秋雪。

笑いかける出雲。
秋雪はそれに答えない。

出雲　ああ……それと……。

秋雪　もういいわよ。

出雲　え……。

秋雪　もうあの時の子どもじゃないんだから。江戸とそう変わりはないわ。

出雲　……。

秋雪　ほら、昔馴染みと言っても返す言葉はないでしょ。

出雲は障子を大きく開く。

出雲　それと、必ずすること。ここを開けなさい。毎朝必ず、この障子を開く。

秋雪　……。

出雲　そして、ここから見える景色を焼き付けること。

秋雪　……どうして？

出雲　ほらあそこ……この路の先を見ていなさい。明日も、一月も、一年も……ここにいる限り

……。

秋雪　だからどうしてよ……？

言葉に詰まる出雲。

出雲　それは……おまえの為だから。

秋雪　答えになってない。その理由を言いなよ。

出雲　だから……つまり……何かがあるからさ。

秋雪　何かって何さ？

出雲　それは……。

答えに困る出雲。

秋雪　格好つけるんなら、きちんと最後まで答えを持ってからするんだね。
出雲　いや……だから……。

遠くから出雲の名前を呼ぶ声。
慌てる出雲。
勢いよく、そこに入ってくる一人の女。
名を、水狼花《くじばな》太夫。

水狼花　出雲!!
出雲　はい……!!
水狼花　ぼけっとしてんじゃないよ。番頭が呼んでるよ。
出雲　あ、すいません姉さん!!
水狼花　あんたじゃなきゃ駄目だって血眼になって探してんだ。全く、今日はこっちも忙しいんだからね、つまらないことに使うんじゃないよ。
出雲　すぐ……あ、水狼花姉さん……こいつは私の昔馴染みで秋雪と……
秋雪　あ……。
水狼花　後にしなよ、急ぎな!!
出雲　はい!!

慌ててその場を去ろうとする出雲。

水狼花　ああ、それと!!　今日は「せごどん」が来るんだよ。わかってるんだろうねぇ。
出雲　あ、はい。
水狼花　くれぐれも失礼のないようにしろよ。ただじゃおかないからね。
出雲　はい!!
水狼花　あ、それと……!!
出雲　はい!!
水狼花　塩。
出雲　え？　どうかされたんですか？
水狼花　いいから!!　すぐに必要なんだよ。
出雲　あ、はい!!

慌てて懐から塩の入った紙を渡す出雲。

水狼花　いまいましいやつがいるんだ。じゃなきゃお前の為に使いなんかするか。

水狼花太夫、苛々しながらその場を離れていく。

秋雪　……。
出雲　あのさ……。
秋雪　言ったろ、格好つけるなら最後まで。
出雲　うるせえな、忘れんなよ。その障子を開けて、続く景色を確認すること。何かがあるから……いいな!!

遠くから水狼花太夫の呼ぶ声が聞こえてくる。

出雲　あ、はい!!

慌ててその場を去っていく出雲。
一人きりになる秋雪。
障子の前に立ち、ふと外の景色を見つめる。
ふと小さく溜息をつき、

秋雪　この路の先に……何があるって言うのさ……。

途端、隣の部屋の障子がバタンと開く。
驚く秋雪。

中から遠慮もせずに入ってくる男がいる。
名を、坂本龍馬。

龍馬　夜明けだ!!
秋雪　……。
龍馬　その路の先には夜明けがある。
秋雪　あんた……。

両手に筆と紙を持ち、考え事をしながら歩き回る男がいる。
ぶつぶつと何度も何かを呟いている。

秋雪　ちょっとあんた……いつからそこにいたんだよ?
龍馬　……。
秋雪　あんた……!?
龍馬　え?　……俺か?
秋雪　あんたしかいないだろ、いつからいたんだよ。
龍馬　いつから?　ずっといたよ。
秋雪　立ち聞きなんてみっともいいもんじゃ……
龍馬　夜明けだ。やっぱりそれしかない。ないな……。

秋雪　……。
龍馬　忘れるな。その路の先には夜明けがある。
ぶつぶつ続けている龍馬。
秋雪　……何よそれ。
龍馬　……。
秋雪　ちょっと、あんた!!
龍馬　え？　……俺か？
秋雪　あんたしかいないだろ、人の話を聞けよ。何だよ、その夜明けって。
龍馬　やっぱり駄目か？　まっすぐすぎるか？　確かに、まっすぐすぎるよな。うーん……。
紙に何かを書きなぐっている龍馬。
龍馬　ああ、すまん。こっちの話だ。
秋雪　何だよ、文かい……。
紙に何かを書きなぐってる龍馬。

秋雪　何の文を書いてるんだい？
龍馬　……。
秋雪　聞いてるんだよ!?
龍馬　え？　……俺か？
秋雪　今あんたと話をしてたろ!?　あんたと!?
龍馬　そうだった？
秋雪　いい加減にしろよ……。
龍馬　ああ……すまんな……悪い癖でな……昔から没頭すると他の事を忘れる。すまんな……すまんすまん。ああ、すまん。こりゃすまん。

秋雪　何かむかつくんだよ……で、何の文だい？　夜明けなんて……。
龍馬　まあ、一種の恋文だな。
秋雪　へえ……。
龍馬　おまえ、恋文書いたことあるか？　なあ、あるか？
秋雪　……何であんたにそんなこと答えなきゃいけない？
龍馬　いいから答えてくれ？　あるか？
秋雪　……ないね。
龍馬　おお、良かった。じゃあ相談に乗ってくれるか？
秋雪　何でだよ？
龍馬　書いたことないんだろ？　だったら相談に乗ってくれ。

秋雪　何言ってんだよ普通は逆だろ。書いたことないんだから。
龍馬　だからいいんだ。その方が想いが文に募る。な、相談に乗れ。
秋雪　嫌だね。
龍馬　大事な恋文だぞ。いや、ややもすればこの国で一番大事な文になる。興味あるだろ⁉
秋雪　ないね。
龍馬　何でだ？
秋雪　こっちは今それどころじゃないんだよ。初めてきたこの街に慣れなきゃいけないんだから。
龍馬　確かにお前、見ない顔だな。
秋雪　それに……誰にとったって、想いがありゃ大事な文だろ。一番も何もないさ。
龍馬　それだ‼　それ‼

紙に何かを書きなぐる龍馬。

龍馬　これは国という男にとっての大事な大事な文であると。誰にとったって……想いがあれば……。
秋雪　調子狂うねあんた……。

必死に書き続けている龍馬。
秋雪がそれを見つめている。

秋雪　どんな相手なんだよ？　あんたが書いてる相手は？
龍馬　……。
秋雪　相手。
龍馬　え？　俺……
秋雪　お前だよ。
龍馬　ああ……そうだな。昔馴染みの恋人同士が……あるときを境に喧嘩別れしたんだ。惹かれあってることをひた隠しにしてな……。
秋雪　へえ……。
龍馬　つかず離れず……互いのことを想いながらも離れ離れ。それがこの京で再会したんだ。かける言葉も見つからず……。

障子から外を見つめる秋雪。

秋雪　……どっかで聞いたような話だね。
龍馬　そこに現れた新しい恋人。それが俺だな。
秋雪　……あんた。
龍馬　お前はどっちだ？　昔馴染みの恋人と、新しい風をくれる恋人。お前ならどっちを選ぶ？
秋雪　いきなりなんだよ？

龍馬　たとえ話だ。どっちだ？

答えに困る秋雪。

秋雪　……どっちも選ばないね。

龍馬　それだ!!

書き始める龍馬。

龍馬　私は……その、どちらでもないと。助かった、ありがとな。

秋雪　……その悪い癖。直したほうがいいぞ。こっちが戸惑う。

龍馬　気をつけることにしよう。

龍馬は去ろうとするがふと立ち止まり、

龍馬　ああ、それと……その路の先には海が続く。

秋雪　……え？

龍馬　路のずっとずっと……先だけどな。間違いなく最後には海がある。時間があるときに行ってみるといいぞ。

秋雪　お前、話聞いてたのか？

龍馬　さっき悩んでるときに聞こえてきたからな。すっかり忘れてたが、思い出すのは得意でな、秋雪……で、いいんだろ。

秋雪　……。

龍馬　ああ、これは俺のいい癖だ。覚えておけ。

秋雪　変わった男だな……お前は。

龍馬　お前が太夫になるのが先か、俺の恋文が届くのが先か。勝負だな、こりゃ。出雲の言いつけ通りにしろよ……その路の先には海がある。そしてその先には何かがある。

龍馬はまたも立ち止まり、

龍馬　いや、何かがある……ぜよ!!

その場を去っていく龍馬。
呆気に取られる秋雪。
しばらく去ったほうを見つめると、ふと微笑みだす。
障子の外を見つめる秋雪。
そこで出雲と一人の男が何やら話をしている。
男の名は、中岡慎太郎。

必死に何か頼みごとをしている中岡。
困っている出雲。
それを見つめる秋雪。
くすりと笑う秋雪。

秋雪　この路の先には、何かねぇ……。

つかつかと入ってくる女。
水狼花太夫である。
いきなり秋雪の頬を引っぱたく水狼花。
またも呆気に取られる秋雪。

水狼花　挨拶をするのは私じゃないからねぇ。

胸倉を掴む水狼花。

水狼花　追いかけてくる気がないってことは、喧嘩相手でいいんだね。
秋雪　……。
水狼花　ここじゃ空気が全てなんだよ。身に纏う空気がね。読めないんなら、今すぐ水被って死にな。幾らでも手伝ってやる。

言葉も出ない秋雪。

水狼花は懐に手をやり、

水狼花　ああ、それと……餞別だよ。

出雲からもらった塩を秋雪に投げつける水狼花。
障子をぴしゃんと閉める。
呆気に取られ、呆然とする秋雪がいる。

★

舞台は夜の明かり。
祭りの音がいっそう色濃く響いている。
乞食の身を纏った一人の男がこそこそと、歩いている。
男の名は、桂小五郎。
気配を感じ、物陰に身を隠す小五郎。
通りから、出雲といま一人の男が歩いてくる。
男の名は、中村半次郎。

出雲　中村様。本当に、お待ちしておりました。
半次郎　……。
出雲　心からお楽しみください。夜見世にも顔を出させず、選りすぐりの太夫どもを控えさせておりますから。
半次郎　俺は別に構わん。「せごにぃ」がこの京に上るからついてきただけだ。
出雲　まあ、そう言わずに……私が楼主に叱られます。
半次郎　水狼花は？
出雲　勿論、控えさせております。西郷様の帰りをずっと待っておりました。
半次郎　それ以外を座敷に上がらすな。……今日は大事な用がある。
出雲　……承知しました。

立ち止まる半次郎。

半次郎　出てこい……。

物陰に近づく半次郎。

半次郎　お前だよ……出てこないと斬るぞ。
小五郎　……ニャー。

半次郎　見えてる。
小五郎　……はい。

半次郎の前に立つ小五郎。

小五郎　私でございますか？
半次郎　お前、名前は……？
小五郎　……乞食です。
半次郎　お前の名前だよ。
小五郎　……乞食でございます。
半次郎　ふざけてると斬るぞ。
小五郎　叔父きです。この人の……。
出雲　え……。

刀を向ける半次郎。

小五郎　嘘です。名前、とうに捨てましてですね……なんだったかなぁ……米太郎だったっけな……ネギ四郎……。

刀を向ける半次郎。

小五郎　嘘です。

半次郎　……刀ははずさんぞ。お前たちを信用してはいないからな……みっともない真似はやめてもらおう。桂小五郎殿。

その場を去っていく半次郎。

小五郎　……？

出雲　薩摩の中村半次郎様です。

小五郎　……あれが「人斬り半次郎」ね。

出雲　あの……桂様。

小五郎　馬鹿野郎、その名前を出すな。俺が桂小五郎だとばれたらどうする？　今夜は偵察中のお前の叔父きだ。

出雲　いや、でも……。

小五郎　今俺が倒れれば長州は滅びる。これはあの憎き薩摩と幕府にひと泡吹かせるための仮の姿だ。あくまでな……。

出雲　桂様……。

小五郎　だから言うなって！　新撰組やら見廻り組やらそこら辺うじゃうじゃいるんだぞ。聞かれたらどうする？

出雲　でもですね……。

小五郎　いや、お前の気持ちはわかる。わかるぞ……「この日の本に桂あり」とまで言われたこの俺が、あくまで仮の姿とはいえこんな乞食に身をやつしているのが忍びないというのだろう。

出雲　いや……

小五郎　だが耐えてくれ。どうかどうにか耐えてくれ。これも全て長州の復活の為だ。お前たち町民の期待は言わなくてもわかってる。いや、言わずもがな。

出雲　同じ意味です。

小五郎　ここまで着々と準備を進めてきた。この京の京本政樹とまで言われたこの俺は必ず長州と共に復活する。

出雲　あの……少しいいですか？

小五郎　駄目だ。まだ話し足りん。しかし、さすがに人斬り半次郎だ。一目見ただけで、この俺が桂小五郎だと見破るとはな。きっと俺から発する侍としての風格に……

出雲　あの、結構有名ですよ、桂さん。

小五郎　え？

驚く小五郎。

出雲　ここら辺の人、みんな知ってます。あの乞食、実は桂小五郎だって。
小五郎　え、そうなの？
出雲　はい。夜な夜な乞食が実は俺が桂小五郎だとくだ巻いてるって、いつの日か必ず長州と共に復活するって……。
小五郎　あれ……そんな俺しゃべってたかな？
出雲　はい。僕ももう聞いたの三回目です。
小五郎　あ、そんなに？　ちょっと、しゃべりすぎたかな？
出雲　たぶん……だから逆に、偽者なんじゃないかって話さえ出てます。捕まらないのは、そのせいですよ。
小五郎　あ、そう……ラッキー。

そこに半次郎が帰ってくる。

小五郎　うわっ……。

慌てて物陰に隠れる小五郎。
半次郎が近づいていく。

半次郎　……。

小五郎　ニャー。
半次郎　さっきもやった。
小五郎　……はい。
出雲　……隠れる必要性が感じられない。

半次郎の前に立つ小五郎。

半次郎　言い忘れたが、桂殿。
小五郎　さっきも言ったが、私は桂ではない。なあ、甥。
出雲　いや、もう桂さんです。ばれてます。
小五郎　おい！　今、二つの意味を刻みつけました。

刀をつきつける半次郎。

小五郎　嘘です。ちょっと本当です。
半次郎　下らん話をしに戻ってきたんじゃない。
小五郎　確かに私は桂だが、小五郎じゃない。歌丸です。……もう嘘いいません。
半次郎　うちの「せごにぃ」に期待をしてるだろうが、無駄なことだ。坂本の世迷言に付き合う気はない。そうではないか？　「逃げの小五郎」殿。

小五郎　……。
半次郎　今更泣き付かれても、困るんでね。

その場を去る半次郎。

小五郎　ちょっと待て。私は桂ではないさ、だってもし俺が桂だとしたら、お前ら薩摩を許しはしないんでね。
半次郎　……。
小五郎　長州は田舎者でな、同胞を大切にするんだよ。揚げ物食ってる阿呆にはわからんだろうがな。忘れてねえぞ、幕府とてめぇらがやった事はな。
半次郎　そういう話なら、いつでもあがりますよ。座敷にね。

半次郎は笑い、その場を後にする。

出雲　……。
小五郎　久しぶりに、ちょっと本性出してみた。歌丸です。
出雲　桂さん、ふざけてる場合じゃないですよ。
小五郎　後でお前の店に行く。どうせ中岡から何か頼まれてんだろ。

驚く出雲。

出雲　どうしてそれを……
小五郎　乞食の情報収集も、案外無駄ではないってことだ。
出雲　……。
小五郎　なに、大好きな香海に逢いに行くだけだよ。それ以外はないさ。

出雲の肩を叩き、その場を後にする小五郎。
その後ろ姿を見つめる出雲。

★

夜は深くなり、障子の影に人の楽しそうな背景が重なる。
障子が開くと一人の女。
名を、香海《さらめ》太夫。
静かながら、優雅な舞。
傍らには、秋雪。
そして対座するのは、中岡慎太郎。
拍手をする中岡。

中岡　いいね、いい。いいね!!

香海　ありがとう。
秋雪　……お注ぎします。

中岡に酒を注ぐ秋雪。

中岡　お、悪いね。君、見ない顔だね……新入り？
秋雪　はい。
中岡　そうかそうか。香海太夫の舞、見事だったろ。
香海　中岡様。
秋雪　はい。
中岡　だろ？　いやぁ……いい。本当、いい。
香海　褒めすぎですよ。
中岡　いやぁ～いいよ。いいね。すごくいい。
香海　もう十分ですから。
中岡　いや、本当にいいんだ。これじゃ、水狼花太夫をおさえてここの看板になる日も近いね。
香海　姉さんに怒られますよ。
中岡　そう……でも、いいなぁ、いい。今ね、改めてさっきの舞を振り返ってみたんだけどね
　　　……すごくいい。
香海　もう本当にいいの。お注ぎして。

秋雪　はい。

酒を注ぐ秋雪。
飲み干す中岡。

中岡　いや～いい。何がいいってね……全部いい。
香海　褒めるんなら別の言葉にしてもらえます？　いいしか言ってないから。
中岡　そう、でもね……。
香海　私に、頼みごとがあるんでしょ？
中岡　え？
香海　そうでなきゃ……そんなに褒めはしないもの。あなたが頼みごとをするときはいつもよ。
中岡　そ、そんなことはないよ。いつも違うよ。ねえ？
秋雪　初めて会ったんで。
中岡　……だよね。
香海　何です？
中岡　いや……
香海　聞けぬものは聞きません。聞けるものだけ、それでいい？
中岡　……実は香海……あのな……。

そこに奥から声がする。
出雲である。

出雲　中岡様……。
中岡　あ、入って……。

ふすまを開ける出雲。

出雲　客人が入られました。
中岡　おお……そうか。そうか……ここに、お通しして！　ここに！
出雲　はい。
中岡　それと出雲、ちょっとお前に、話がある。ちょっと……。

出雲を連れ、部屋を出る中岡。

香海　何処へ行かれるの？
中岡　後で！　……ちょいここで待ってて……。
出雲　中岡様……。

中岡、出雲を連れて退場。

香海　もう……ごめんね、ばたばたしちゃって……。
秋雪　あ、いえ……。
香海　きちんと話もできなかったものね……香海よ、よろしくね。
秋雪　ご挨拶が遅れてしまい……。
香海　いいのよ、私にそういうのは……普通でいいわ。私にはね……。

笑う香海大夫。

秋雪　それは……
香海　水狼花姉さんに殴られたんでしょ？
秋雪　あ……。
香海　ここじゃ早いから、そういう話。すぐよ。姉さんそういうとこうるさいから。
秋雪　そうなんですか……。
香海　それを一番に教えようと思ってたんだけど、間に合わなかったみたい。ごめんね。
秋雪　いえ……。
香海　本当にやめてよ、そんな感じ。仲間になれないじゃない。それに……聞いたわ、出雲から。あなた、江戸吉原で看板だったんでしょ。なら地位もへったくれもないじゃない。

秋雪　……。
香海　水狼花姉さんもちゃんと知ってる。きっと殴ったのは、宣戦布告ね。この京を舐めるなって……。
秋雪　そうなん……ですか。
香海　ね、お願い。私も睨まれてるの、組みましょう。だから、仲間言葉で……ね。
秋雪　あ……うん。
香海　よし……わかることはなるべく教えるわね。ここは江戸よりも、血気盛んなお侍さん多いから。土佐も薩摩も長州も、全てがここを通っていくわ。

秋雪　さっきの……
香海　土佐の中岡慎太郎様。いい人よ、情に厚くて、人を大切にする人。
秋雪　へえ……。
香海　あなたもすぐに気に入られるわ。誰なんだろうねぇ、初夜は。
秋雪　……。
香海　出雲が泣いたりして。
秋雪　どうして？
香海　言われたのよ、馴染みの大切な娘だって。どうか良くしてやれって……。
秋雪　そう……。
香海　ひょっとして、まだ好きだったりしてね……。
秋雪　……もうそんな可愛い歳じゃないわ。

香海　幾つのとき？
秋雪　数え十六の時……出雲は奉公に出されてね。
香海　言ってたわよ、あいつは本当に家柄も器量も町一番だったって……。誇りだったって……懐かしそうに語ってた。
秋雪　……その女もお家が潰れりゃすぐに売られて、今じゃこの有様。笑い話よ。
香海　そんなことないわよ。素敵じゃない。そんな風に言ってもらえるなんて……。

秋雪は香海を見つめる。

香海　何？
秋雪　あんたが言うと、嫌味に聞こえないね。
香海　ありがと。あ、私もね……いたのよ。同じような昔馴染みの人がね。武州の多摩で、幼い頃からずっと一緒に育ったの。だからなんとなく、わかるのよね、その気持ち。
秋雪　へえ……。
香海　私の大切な人には変わりないけど、そんな風には言ってもらえないだろうなぁ。

笑う香海。

秋雪　……新しい恋人は？

香海　何？
秋雪　夕どきにね……面白い話を聞いたの。馴染みの恋人と、新しい風をくれる恋人……あんた、いる？
香海　うん。いるわよ。きっと、今から来る人。
秋雪　今から？
香海　そっ。たぶん……中岡様の頼みもその人絡みだと思うのよねぇ……。
秋雪　どんな人なの？
香海　あ、その人はね……

ふすまを開けて入ってくる桂小五郎。

小五郎　俺だ!!
香海　ああ、小五郎様!!

香海を抱きしめる小五郎。

小五郎　乞食の時期～直に終わり～香海に突き～今宵は月……。
秋雪　……。
小五郎　冷たい目を～もらったよ～！

勢いよくふすまを閉める小五郎。

★

場面変わって、もう一つの影。

障子を開ける水狼花太夫がいる。

水狼花　うるさいねぇ……。

傍らには、静かに酒を飲む半次郎がいる。

半次郎　……どうせどっかの馬鹿だろう。
水狼花　そうね。半さん、せごどんは？
半次郎　直に来る。
水狼花　約束の時間よりも随分遅れてるよ。
半次郎　理由があるんだろう？
水狼花　どうしてわかるんだい？
半次郎　俺よりも先に京へ向かってる。着いてないこと自体、おかしい。
水狼花　理由は？
半次郎　わからん。

水狼花　わからんって薩摩の西郷隆盛だよ、新撰組にでも見つかったりしたら……。
半次郎　たぶん、道に迷ってるだけだ。
水狼花　どうして？　ここ、何回も来てるんだよ。
半次郎　今回は薩摩に犬を置いてきた。自力では来れん。道を覚えていたのは、犬の方だ。
水狼花　せごどん……。
半次郎　水狼花、せごにぃにはくれぐれも、優しくな。
水狼花　当たり前だろ。今の話を聞いて、いっそう切なくなったよ。
半次郎　あんたに心底惚れてる。薩摩でも、日毎名前を口にしていた。
水狼花　任せときな。たっぷり愛してあげるから。
半次郎　ならいい。
水狼花　半さんはいいのかい？　なんなら、見繕ってやるよ。
半次郎　俺は別にいい。
水狼花　せごどんにくっついてた小さなガキが大人になったもんだねぇ。
半次郎　そういう話をするな。
水狼花　あんた……まだ女知らないだろ？
半次郎　……馬鹿を言え。
水狼花　……図星だな。
半次郎　そんなわけない。
水狼花　んじゃ、今夜は任された。あんたにとびっきりの用意してやるよ。

半次郎　いらん。……女なんかに興味はない。
水狼花　馬鹿だねぇ。この街はねぇ、女がつくってるんだよ。

障子を閉める水狼花。

★

場面変わって、夜。
ふらふらと一人の女が歩いている。
手には手紙を握り締めている。
ふと座り込み、泣き出す女。
名を、おりょう。

おりょう　……。

そこに入ってくる一人の男。
名を、西郷隆盛。

西郷　そこの女……。女。
おりょう　……ほっといて。
西郷　うむ。

その場を去ろうとする西郷。
おりょうはまたも泣き出していく。

西郷　……そこの女……女。
おりょう　……ほっといてよ。
西郷　……うむ。

その場を去ろうとする西郷。

西郷　……そこの……
おりょう　ほっといて。
西郷　……うむ。……去ってもいいか？
おりょう　駄目。
西郷　そうだな……そんな気がしてた。どうした？
おりょう　……。
西郷　そんなに泣いてちゃわからんぞ。
おりょう　……。
西郷　すまんがわしは口下手だ。気の利いたことは言えん。だが、何も言わず黙って聞くことは

おりょう　できる。だから良ければ、話してみないか？

西郷　……本当？

おりょう　ああ。それでお前の気が済むなら何も言わず聞いてやろう。一切の口も挟まん、気が済むまで話してみろ。

西郷　……お相撲さん、聞いてくれる？

おりょう　お侍さんだ。そこまで太ってない。

西郷　口挟むじゃない。

おりょう　あ……すまん……聞こう。

これ、見て……。

手紙を渡すおりょう。

西郷　これは……。

おりょう　私のいいなずけが書いた手紙。あの人……私に黙って、他の女を口説いてたのよ。

西郷　……。

おりょう　今日は大事な日なのよ。だから一眠りするって……私はゆっくり寝れるように片袖をはずしてあげたら……それが……。

西郷　女に宛てて？

おりょう　お相撲さん私……どうしていいか……。

西郷　だからわしは……

睨み付けるおりょう。

西郷　ん……どすこい……。
おりょう　信じてたのに……だから飛び出してきたの……。
西郷　しかし……男の気の迷いということも……あるのではないか？
おりょう　あの人はそういう人じゃない。まっすぐな人だから。
西郷　男とは、そういう生き物であるらしいぞ。
おりょう　お相撲さんもそうなの？
西郷　わしは違う。ちなみに、お相撲さんということも。
おりょう　あの人も同じ。一度決めたら、突き進む人だもの。だから……その手紙の女を愛してるんだわ。
西郷　……。
おりょう　ああ……もう……私、まさに土俵際。
西郷　……。
おりょう　笑ってよ。あなたの為に例えたんじゃない……。
西郷　なんか……すまん。自分に……。
おりょう　どうして……昨日までは、幸せだったのに……ううん、さっきまでよ……その手紙を読む

西郷　さっきまでは……。
おりょう　それで……どうしたいと思ってるんだ？
西郷　身をひこうかなとも考えたの……だけど……。
おりょう　だけど……。
西郷　そんなの駄目よ……だってあの人のこと……好きだもの。
おりょう　なら……行った方がいいんじゃないか？
西郷　そうよね。
おりょう　ああ。
西郷　ここでうじうじ悩んでてもしょうがないものね。
おりょう　……元気が出てきたみたいじゃないか。
西郷　うん。あ、ねえ、景気づけに一発お願いできないかな。
おりょう　……つまりそれは……。
西郷　お相撲さんの、どすこい。
おりょう　何度も言ってるんだが私は……まあいい……。

咳払いをする西郷。

西郷　どすこい!!
おりょう　ありがとう。あなた、いい人ね。

手紙を西郷から受け取るおりょう。

西郷　いや……それじゃ……私はこれで行くとしよう。頑張るんだぞ。
おりょう　うっちゃりなさい、あなたも。どんなときでも、寄り切って！

西郷、言い返そうとするが、

西郷　……ありがとう。

その場を去ろうとする西郷。

おりょう　でもな……逆に私が寄り切られたら……どうしよう。
西郷　ん……。
おりょう　そうも言えるわ。いえ、絶対そうよ……どうしよう……。
西郷　残ったほうが……いいか？
おりょう　あ、いいのよ。行っていいわ。
西郷　……すまん、実は若干……急いでいるんだ。

その場を去ろうとする西郷。

おりょう　だってあの人は私に嘘をつくような人じゃないもの。ここで私が正直にこの文の話をすれば答えてくれる……だけど……向こうの女を取るって言われたら……どうしよう……。
西郷　……。
おりょう　あ、いいのよ。行って。
西郷　……。
おりょう　むしろそうよ。まっすぐな人だもの……言ってしまえば、そこで私たちは終わってしまう。絶対にそうだわ……やっぱり、行かないほうが……ああ。

悩むおりょう。
西郷、戻ってくる。

おりょう　……あ、いいのよ。
西郷　いや、聞く。わしがいなければ、君は若干、痛い子だ……。
おりょう　優しいのね。……じゃあ、がっぷり四つで聞いてちょうだい！
西郷　聞く。だからいい加減、お相撲しばりはやめよう。
おりょう　わかったわ。
西郷　それで……？

おりょう　もしよ、私がこのことをあの人に直接聞けば、私たちは終わってしまうかもしれない。
西郷　……ふむ。
おりょう　あの人を失うことを考えると、黙ってたほうがいいのかな……とも考えてしまったの。
西郷　だが、ただの浮気とも考えられはしないか……。
おりょう　そんなことないわよ。ちゃんと読んだの？
西郷　あ、いや……きちんとは……。
おりょう　読んでよ。読みもしないで相談に乗らないで。
西郷　すまん。
おりょう　ほら、これ……焦ってもしょうがないから。じっくり読んで。

手紙を差し出すおりょう。

西郷　若干、急いでいるのだが……。
おりょう　早く。
西郷　……わかった。

受け取る西郷。
おりょうと共に、読みながらその場を後にする。

★

場面変わって飛び込むように入ってくる出雲。
後に入ってくる中岡。

出雲　ちょっとどういう事ですか？
中岡　だからな、一生のお願いなんだよ……。
出雲　そんなことできませんよ。
中岡　できるよ、できる。桂の部屋へ西郷を連れてけばいいだけだから。
出雲　無理です。
中岡　どうして？　ほんのちょこっとの時間でいいんだ。ちょこっとでいいんだよ。あとは、私たちでなんとかするから。
出雲　承知するはずがありません。
中岡　そら承知しないよ、二人は。だから、間違えちゃえばいいんだな。出雲が。間違えて、同じ部屋にお通ししちゃえばいいんだな。
出雲　中岡様。
中岡　可愛いもんだよ、笑顔で、「あ、やっちゃいました」って言えばいいだけだから。あとは全部、やるから。ほら、たいしたことじゃないだろ。
出雲　……どうして私なんですか？　楼主に知れたら……大変なことになる。
中岡　そら大変なことになるさ。だから、出雲ちゃん、おまえなんだよ。実は、楼主に我が土佐からおいしい商談を持ちかけました。今日は留守です。

出雲　……。
中岡　後は、出雲。お前が承知してくれれば全てが丸く収まる。
出雲　……絶対嫌です。
中岡　嫌だよね、それはね、普通嫌なんだよ。だからね、一生のお願いなんだよ。
出雲　どうしてそんな危ない橋を渡るんですか？　薩摩と長州ですよ、町で出会っただけでも殺傷沙汰なのに……頭同士が会うなんて……。
中岡　すごいだろ、歴史的な事だよな。その歴史に名を刻むことができるんだよ。たった一言、「あ、やっちゃいました」だけで！
出雲　言った瞬間、斬られて終わりですよ。
中岡　大丈夫、そこはこっちで何とかするから。万が一、終わったとしても……そりゃ確かに終わりだな。
出雲　そうですよ、絶対嫌です。
中岡　嫌なことはないよ。絶対嫌じゃないんだ……ほら、聞いて。お前は嫌じゃなくなる……お前は嫌じゃなくなる、お前は絶対……
出雲　嫌です……。
中岡　出雲……。

そこに入ってくる龍馬。

龍馬　……。
中岡　お、龍馬!!

そわそわしながら、何かを探している。

龍馬　あれ……。
中岡　龍馬、聞いてくれ。なんと出雲が納得してくれました!!
出雲　してませんよ!!
中岡　あれ、そうだった？
出雲　そうでしょ!?
中岡　流れでそうなってたと思ったから……。
出雲　坂本さん、言ってあげてくれませんかこの人に!?
龍馬　……あれぇ……。

話も聞かず、そわそわしている龍馬。
一生懸命に何かを探している。

中岡　どうした龍馬？
龍馬　ないんだよ……見つからない。

中岡　何が？
龍馬　あいつらに渡す文だ。
中岡　おい⁉　ちょっと待て……どうして⁉
龍馬　落としたみたいだ……ここを出るときはあったんだが……。
中岡　ええ⁉
龍馬　……くそ、すごいのが書けたってのに……。
中岡　どうすんだよ龍馬……⁉
龍馬　とりあえず、もうちょっと探してみる。
中岡　もう……どれだけの思いで出雲が納得したと思ってるんだよ……。
出雲　してませんよ‼
中岡　あれ？　そうだった？　流れでそうなってなかった？
出雲　……あんた人の話全く聞いてないでしょ。
中岡　とりあえず、それがないと駄目なのか……？
龍馬　あいつらは秀才だからな、口車には乗りやしない。
中岡　んじゃ、俺も探す。心当たりは……？
龍馬　ない。
中岡　自信もって言うなよ全く……‼　ちょっと探すの手伝ってもらえる？
出雲　わかりました……。
龍馬　中岡……‼

中岡　どうした？　心当たりあるのか？
龍馬　俺……やっちゃった！
中岡　わかってるよ！　改めて言うなよ。あ……ちなみに今の言い方ね。
出雲　どうでもいいです。それより、誰に渡す手紙ですか？
龍馬　二人の恋人だよ。

龍馬、その場を後にする。

出雲　……恋人？
中岡　さっきから、話してるだろ。流れで感じて。
出雲　あ……じゃあ……薩摩と長州!!
中岡　そう……。
出雲　一体、何をしようとしてるんですか？
中岡　決まってるよ……薩摩と長州の同盟だ。

音楽。
驚く出雲。
舞台ゆっくりと暗くなっていく。

ACT 2

場面はゆっくりと灯りがともる。
障子を開ける水狼花。

水狼花　まだ来ない……せごどん……やっぱり何かに巻き込まれてるんじゃないだろうねぇ。
半次郎　……かもな。
水狼花　だったらこんなとこでぼんやりしてる暇ないだろうが。
半次郎　どうせ、下らん相談にでも巻き込まれてるんだろう。
水狼花　だったらなおさら……。
半次郎　来るさ。……せごにぃは坂本と約束をした。だったら何が起ころうと必ず来る。あの人はそういう人だ。
水狼花　……坂本？　坂本って土佐の龍馬かい？
半次郎　そうだ。
水狼花　何でそんな約束を……。
半次郎　詳しくはわからん。ま、大体の予想はつくけどな。

水狼花　……しかし、せごどんが人と約束なんて珍しいねぇ。しかもあの坂本と……。
半次郎　坂本を知ってんのか？
水狼花　知ってるも何も、しょっちゅうこの店に出入りしてるよあの人は。そのくせ女を抱かない
　　　　相当な変わり者だけどね。
半次郎　……やはり喰えん男だな。そういう奴ほど胡散臭い。
水狼花　あんたも抱かないじゃないか。
半次郎　……俺は奴とは違う。一緒にするな。
水狼花　そうかね？
半次郎　そうだ。
水狼花　私にしたら、一緒だけどね。ここにきてゆめを抱かないなんて、どっちにしても大した男
　　　　じゃないよ。
半次郎　ゆめ？　なんだそれは？
水狼花　知らないのかい？　ここじゃ、遊女はゆめって言うんだ。そう決めたんだよ。
半次郎　……へぇ。
水狼花　ま……あんたの場合は、ただ度胸がないだけなんじゃないのかい？
半次郎　もういい。その話はするな。
水狼花　私はガキの頃からあんたを知ってんだよ。あんたは図星をつかれるとすぐ逃げる。
半次郎　水狼花！
水狼花　はいはい、ごめんなさいね。やめやめ。

半次郎、苛々しながらも、何かをふと思いつき、

半次郎　……あ……。
水狼花　どうした？
半次郎　一ついいことを教えてやろう。俺がゆめを抱かないのにはな、理由がある。
水狼花　なんだよ？
半次郎　夢を抱いているからだ。ゆめは抱かないが、夢を抱いている。

ニヤリと笑う半次郎。
呆気にとられる水狼花。

水狼花　……。
半次郎　……。

誤魔化すように酒を飲み干す半次郎。

水狼花　恥ずかしくなるなら言うんじゃないよ、全く。
半次郎　今のは、なかったことにしてくれ……。

水狼花　どうしようかねぇ。ゆめを抱かないいんじゃない、夢を抱いてるんだ、ニヤリ、までしてたもんね。気持ちよくなっちゃってたもんね。

半次郎　せごにぃには言うな。くれぐれもだ！

水狼花　馬鹿言え、願いには見返りがつき物なんだよ。

座敷の奥から声が聞こえる。
秋雪である。

秋雪　……失礼致します。

水狼花　入りな……。

ふすまを開ける秋雪。

秋雪　お銚子を……。

半次郎　……。

酒を用意する秋雪。

秋雪　水狼花姉さん、よろしいですか？

水狼花　ああ。
秋雪　失礼します。
半次郎　待て。この女は？
水狼花　ああ、新入りだよ。今日から座敷に入った。
秋雪　秋雪でございます。

深々と頭を下げる秋雪。

水狼花　薩摩の中村半次郎様だ。
半次郎　……語るほどのもんじゃない。
水狼花　だけどこの人はね、ゆめは抱かないが夢は抱く……
半次郎　ちょっちょっ……水狼花……!!
水狼花　すごいねすごいね、すごい狼狽だね。
半次郎　何でそんなにすぐ言う!?
秋雪　あの……。
半次郎　ああ……下がれ、下がっていい。

礼をしてその場を去る秋雪。

半次郎　水狼花！
水狼花　珍しく女に興味を持ってたからだよ。
半次郎　そんなんじゃない、いいな。くれぐれもせごにぃには言うなよ。頼んだからな。
水狼花　見返りが必要だねぇ。

懐から山のように金が入った袋を落とす半次郎。

水狼花　ちょっ……こんな大金……私は冗談で言ったんだよ。
半次郎　もう一つ頼みがある。今夜、一番大事なことだ。
水狼花　半さん……。
半次郎　薩摩は誰とも仲良くなる気はないんでね……。
水狼花　……。

水狼花は黙って障子を閉める。

★

障子が開くと、香海の膝枕でのらくらりしている小五郎がいる。

小五郎　にゃー。
香海　久しぶりね、こんな風にゆっくりしていられるの。

小五郎　身を隠すしかなかったからにゃー。
香海　乞食だったものね。
小五郎　そうにゃー。
香海　どうされます？　一杯やりますか？
小五郎　いや、このままでいいにゃー。
香海　それと。
小五郎　なににゃー？
香海　可愛くないですよ。
小五郎　そうだな。俺もそんな気がしてた。
香海　今夜は？
小五郎　勿論、ずっとここにいるよ。久しぶりに羽を伸ばしたいからな。
香海　嘘。そんな事言って朝までいたこともないくせに。
小五郎　そうか？
香海　そうよ、桂さんはいつもそう。後朝の一つもさせてくれない。
小五郎　大変な時期だったんだ、それだけだよ。男ってのは大儀を成すために生きてる……お前も辛かったろうが、そこは我慢だな。
香海　女だってそうですよ。私たちゆめだって、大儀を成します。
小五郎　ほぅ、お前たちの大儀とは何だ？
香海　……わからないんですか？

小五郎　ちょっと待て！　それじゃ、当てる。えっとな……。
香海　きっと桂さんには当てられませんよ。
小五郎　何言ってんだ……当てるぞ。
香海　……絶対に当てられない。
小五郎　どうして？
香海　男には、きっと一生わからないから。
小五郎　香海……。
香海　今夜、何があるんです？
小五郎　え？
香海　あなたがここに来る理由、それでしょ？
小五郎　いや、違うぞ。俺はお前を愛しているから。
香海　また嘘をつく。出て行ってもらいますよ。
小五郎　いや、それは本当だ。本当だよ、香海。本当だ。本当なんだよ。
香海　本当を重ねると嘘になります。
小五郎　……じゃあ何て言えばいいんだよ。
香海　わかった。じゃあそこは信じます。
小五郎　本当？　良かった。
香海　乞食に身を隠してまでこの京に潜伏していたんです。それなりの理由があるんでしょ？
小五郎　そうだな、だが今日は呼び出しをくらったまでだ。中岡の野郎にな……。

香海　何があるんですか？　桂さんならわかってるんでしょ？
小五郎　大体のことはわかる。だが何も起こさせないというのが、正しい答えだな。
香海　……どういう意味ですか？
小五郎　そんなに大人にはなれないんだよ。
香海　中岡様が私に言ってたんです。頼みたいことがあるって……きっと私が……
小五郎　この俺の女だから……！
香海　そうだと思います。
小五郎　お前は頭がいい。そういうところが好きだ。二回戦にゃー。
香海　駄目ですよ。
小五郎　いいじゃんいいじゃんいいじゃんかーいいじゃんかー!!　いいじゃんか!!　いいじゃんか!!
香海　こら桂。

じゃれている小五郎。
そこに中岡が飛び込んでくる。

二人　うわっ……。
中岡　あ……ちょっとごめんね……続けて……。

中岡は手紙を探している。

香海　中岡様……!!　どうしたんですか⁉
中岡　探し物だ。ここら辺に、文が落ちてなかったか？
香海　文？　いえ……
中岡　ったく龍馬のやつ……もう！　ああ……それよりも香海、桂はまだか？
香海　え……？　いや、ここに……

香海に「しっ」と合図する小五郎。

中岡　お、どうした乞食？　金でも拾ったのか？
小五郎　ええ。
中岡　良かったな。だけどあれだぞ。ここに桂が来るからそろそろ出てけよ。分不相応なことすると、罰があたるぞ。
小五郎　へい。
中岡　ったく龍馬はもう……。
香海　どういうことですか？
中岡　何が？
香海　え？　中岡様は桂小五郎様に会ったことは……

中岡　ないよ。こすっからいやつなんだよ、桂ってのは。姿を現さず、文で連絡取り続けんだから。
香海　中岡様……あの……。

首を振る小五郎。

中岡　まあ桂を名乗るこいつにはちょくちょく会ってるけどな。
香海　いや、でも……。
中岡　龍馬——こっちにはないぞー!!

部屋を出る中岡。

小五郎　つまりまあそういうことだ。
香海　全然わからないわよ。どうして嘘をつくの？
小五郎　いや、最初はそんな感じじゃなかったんだよ、ちゃんと名乗ってたら、逆に怪しまれちゃって、気づいたら偽者になってた。
香海　いや、でも普通この状況だったら……
小五郎　逆に好都合だ。香海、奴らが何を腹に据えてるか、見れるしな。
香海　いや、でも……。

中岡が戻ってくる。

中岡　あ、香海、お前にも頼みたいことがあったんだ。だから桂が来たら、教えてくれな。
香海　あ……はい。
中岡　あいつは一癖も二癖もある奴らしいからさ……お前がいると心強い。
小五郎　あっしも力になれると思いやすぜ。
中岡　おお。じゃ、お前ちょっと頼まれてくれ。
小五郎　何をですか?
中岡　文を探してくれ。
小五郎　へい。
香海　ないわよ、さっきまでずっとここにいたでしょ?
小五郎　一応……な。
中岡　早く来いよ龍馬!!
小五郎　何の文です?
中岡　ああ、ちょっとな……桂に渡す手紙だ。
小五郎　ほほう、それを無くしたと。
中岡　ああいう屁理屈野郎にはな、言葉が通じないんだよ。そしたら龍馬が文で攻めるってな。
小五郎　ほほう。そんな大事なものを。

中岡　ああ。ちょっと探してくれ。
小五郎　あんまりあれですね……桂さん、大事にされてないですね？
中岡　俺はね、もともと好きじゃないんだよ。ああいうこすっからいやつは。龍馬の手前今夜は仲良くするけど、俺はもう全然信用しないよ、あの手合いは……。
小五郎　ほほう、じゃあ今夜はあくまで建前で行くと。
中岡　あ、これ内緒な。龍馬にも……この三人だけの内緒な。俺、だいっ嫌いだから、桂。嫌いも嫌い、もう笑顔で嘘八百ならべるから。全然、気持ち入ってないから。
香海　中岡様……そのくらいにしといたほうがいいですよ。
中岡　大丈夫、龍馬をどんだけ支えてきたと思ってんだよ。俺、本当うまいよ、そういうの。もう絶対ばれないから！　絶対、な！
小五郎　ほほう、楽しみだ、こりゃ。
中岡　ちょっと探して、ね？　あれがありゃ、桂を騙せるから、ね？
香海　桂様……。
小五郎　しっ……。
香海　あ、乞食様……。
小五郎　それもどうかと思うぞ。
中岡　ほら、じゃれてないで、探して！　桂来るから!!

そこに龍馬が入ってくる。

中岡　龍馬……!!
香海　坂本様……。
龍馬　向こうにもなかった……全然ない……。

龍馬は小五郎を見つけると、

龍馬　お前……。
中岡　どうした？
龍馬　お前……どうしてここにいる？
香海　坂本様……。

龍馬は小五郎を睨みつける。

小五郎　やはり坂本龍馬の目は誤魔化せなかったか……そうだ……私が……
龍馬　乞食――!!　乞食だろお前!!　噂の!!　俺も遂に会ったよ！　遂に見つけたよ中岡!!

小五郎に抱きつき、喜んでいる龍馬。

香海　都市伝説みたいになっちゃってますよ。
小五郎　ハハ……。
中岡　そんなことやってる場合じゃないだろ龍馬。
龍馬　そうだったな……。だが、これだけ探しても見つからないとなると……諦めるしかないかな。
中岡　それで大丈夫なのか？
龍馬　やるしかないだろう。しょうがない……。
中岡　今夜一度きりの機会だぞ。これを逃せば薩摩と長州は……。
龍馬　あ!!　香海、秋雪はどこにいる？　秋雪は？
香海　ご存知なんですか？
龍馬　ああ、あいつと一緒に文を作ったんだ。あいつならもしかして……。
香海　今は、鶴菊の座にいると思いますけど……。
龍馬　ちょっと行ってくる!!
中岡　龍馬!!
龍馬　これで見つからなかったら諦める。俺に任せとけ。

龍馬、走ってその場を後にする。

中岡　とりあえず、もうちょい探してみよっか、ね？

探す三人。
小五郎が障子をぴしゃりと閉める。

★

場面変わって、手紙を読んでいる西郷。
後ろを歩いているおりょう。

西郷　うーん……。
おりょう　どう？
西郷　これを言っていいのかわからんが……非常にまっすぐな恋文だ。
おりょう　でしょ？　あなたもそう思うでしょ？
西郷　想いの丈が率直に綴られている、変に機嫌を取ることもなく、そして相手への気遣いも忘れてない。非常に好感が持てる。
おりょう　……そうよね。
西郷　お前の男はたいした奴だな。じゃなきゃ、これは書けん。
おりょう　褒められるほど、私のじゃなくなる可能性が高くなっていくわね……
西郷　あ、すまん。
おりょう　いいのよ……あなたも素敵な感想ね。お相撲さんにしとくのは勿体無いわ。
西郷　しとかないから、良かった。

おりょう　どうしよう……あの人、本気よね？
西郷　そうだな……申し訳ないが、これは本気だ。
おりょう　……ありがとう。やっぱり、私行くわ。
西郷　行くのか？
おりょう　大丈夫、お相撲さん用事があるんでしょ？　行っていいわ。
西郷　だが、大丈夫か？
おりょう　こういうのはね、やっぱり隠してることじゃないもの。たとえ振られても、きちんと確かめなきゃ……。
西郷　……わしも、その方がいいと思う。よくその道を選んだ。
おりょう　ありがとう。お相撲さん、さあ、行って。
西郷　……ああ。
おりょう　戦うわね……最後の最後まで。私、あの人のこと好きだから。
西郷　その意気だ……。
おりょう　さあ、行って。
西郷　……。

その場を離れるが、ふと立ち止まる西郷。

西郷　あのな……どすこい!!

おりょう　……お相撲さん。

西郷、その場を離れる。

おりょう　……。

意を決して、その場を離れようとするおりょう。
しかし西郷は戻ってくる。

西郷　あのな……。
おりょう　どうしたの？
西郷　あんだけどすこいを決めて、今非常に格好がつかないんだが……。
おりょう　確かにそうね。もろだしね。
西郷　うん。……わしは……道に迷っていたんだった……。
おりょう　そうだったの!?
西郷　つかぬことを聞くが……花街へは……どうやっていけばいい？
おりょう　花街……お相撲さん……。
西郷　何？
おりょう　今から私の行く所も花街よ。

西郷　え⁉
おりょう　やはり何か縁があるのね……私たち……。
西郷　そう……かな？
おりょう　さあ、二人で殴り込みよ。はっけよいだわ！

西郷の手をひくおりょう。
二人でその場を離れていく。

★

場面変わって、秋雪がいる。
そこに入ってくる出雲。

出雲　秋雪‼
秋雪　……。
出雲　何かごめんな、初日にばたばたしちゃって……。
秋雪　別に構わないわ……。
出雲　ちょっと予期せぬことが起こっちゃったもんだから。
秋雪　行っていいわよ、忙しいんでしょ。こっちはこっちでやるから。
出雲　申し訳ない……。

立ち去ろうとする出雲。
秋雪がそれを止める。

秋雪　ねえ出雲……。
出雲　何？
秋雪　……あんまり……私の話をしないで。
出雲　……え？
秋雪　昔馴染みだった頃のことも、私の生い立ちも……ここに来れば、もう必要のないことだわ。
出雲　……秋雪。
秋雪　それがあなたの優しさだってこともわかってる。だけどね……昔の話よ。もう私はあなたの思ってるような女じゃないから。
出雲　……俺はただ……。
秋雪　この店の遣手があなただとわかった時ね……最初は逃げ出そうとした。こんな皮肉があるのかって……だけどね、隠してもしょうがないものね。どうせあなたは、知っていたんだから。逃げても……行くところなんてありゃしないんだから。
出雲　秋雪。
秋雪　新しい関係だと思えばいいじゃない。そしたらあなたに接することができるわ。お願い、そうしましょ。
出雲　……。

秋雪　そしたら笑えるもの。昔みたいに。あなたの前で……だからお願い。
出雲　……わかってるよ。
秋雪　呼び止めてごめんなさい。行って。
出雲　……。

出雲が立ち去ろうとすると、飛び込んでくる龍馬。

龍馬　いた!!　秋雪!!　秋雪!!
出雲　坂本様!
秋雪　あんた……。
龍馬　お前さ、あの文知らないか?　あの文!
出雲　え?　どうして秋雪のことを?
龍馬　今そんなのどうでもいいんだ、お前知らないか?　あの文。
出雲　まだ見つからないんですか?
龍馬　ああ。
秋雪　文って、あんたが書いてたやつか?
龍馬　そうだ、あれだ。
秋雪　あんたが書いてそのまま持ってっただろ?
龍馬　それがな、ないんだよ。何処を探しても見つからないんだ。

秋雪　知らないよ。あんた確かに懐に入れてたぞ。
龍馬　去り際に落としたりとかは？
秋雪　ないね。
龍馬　そうか……ないか……。

落ち込んでいる龍馬。

秋雪　あんだけ盛り上がっておいて、失くすなんてどうしようもないね。
龍馬　だよなぁ……。
出雲　……ちょっと秋雪、口の聞き方に気をつけろ、土佐の坂本龍馬様だぞ。
秋雪　……こいつが？
龍馬　……そうだよなぁ、落としちゃいかんよなぁ。
出雲　ただでさえ今大変なときなのに……。
秋雪　大変なとき……？
出雲　いや、こっちの話だ。
龍馬　……うーん。
秋雪　そんな大変なときに、恋文なんか書いてるのかこいつは？
出雲　だから秋雪！
秋雪　京に上る噂とはずいぶん違うんだね。だらしがない。

出雲　馬鹿、違うよ。
龍馬　その通りだ。
出雲　え？
龍馬　ここで落ち込んでてもしょうがない。やるときはやる。いや、やる……ぜよ。
秋雪　あんたそれ何なんだよ？
龍馬　秋雪、ちょっとお前力貸してくれ。
出雲　坂本様⁉
秋雪　私が？　何で？
龍馬　俺にとっては、お前が新しい風だ。

驚く秋雪。

秋雪　何だよいきなり……。
龍馬　いいから貸せ。
秋雪　嫌だね。
出雲　坂本様、どうされたん……

秋雪の腕を取る龍馬。

秋雪　何すんだよ⁉
龍馬　この路の先、教えてやる。
出雲　秋雪‼

手を引っ張っていく龍馬。
連れられていく秋雪。
その場に残る出雲。
音楽の中、それぞれの想いが描かれる。
それは一つの未来でもあり。
一つの過去でもあり。
その中で、対座している桂小五郎と西郷隆盛。
中央には坂本龍馬と中岡慎太郎。
見守る面々たち。
夜明けの朝の光が差し込んでいく。

中岡　……というわけで、これが龍馬の描いた薩長同盟の絵だ。

西郷、半次郎、おりょう、水狼花がその場を出て行く。

龍馬　……ありがとう。
秋雪　今のは？
龍馬　あくまで想像の西郷たちだ。だから帰ってもらった。
秋雪　そんなことしていいのか？
龍馬　いい。新しい日本は何でもありの国だ。
小五郎　では何で私までいる？
龍馬　本物の桂に会ったことないんだ。想像のしようがないからな。
小五郎　あっそう。では私も……

その場を去ろうとする小五郎。

龍馬　あ、ちょっとお前は残っててくれ。
小五郎　え？
龍馬　暇だろ？　乞食なんだから。いいじゃねえか。
小五郎　……。
香海　そろそろ、本当のことを言ったほうがいいんじゃないの？
小五郎　……かもね。
秋雪　何で私がここにいる？
龍馬　いいからいろ。中岡、お前は薩摩邸へ。あいつらが揃ってるかどうか確認してきてくれ。

中岡　わかった。
龍馬　出雲、引き受けてくれて、ありがとう。
出雲　いや、引き受けてませんよ。
龍馬　昔馴染みにいいとこ見せろよ。国を変えるほどの、大事だぞ。
出雲　いや……でも……。
龍馬　秋雪、言ってやれ。
秋雪　……別に言うこと聞かなくていいわよ。
龍馬　おいこら。
中岡　とりあえず、な……。薩摩の所まで案内してくれればいいから。
出雲　坂本様……。
中岡　さ……さ……。

中岡、出雲を連れてその場を退場。
水狼花太夫がその場に入ってくる。

水狼花　出雲、ちょろちょろしてんじゃないよ!!
出雲　あ、すいません姉さん!
水狼花　あんたが来ないから直接来るはめになっただろ!!
出雲　え?　どういう意味ですか?

龍馬　お、水狼花!!
水狼花　坂本さん、やっぱり来てるんだねぇ。
龍馬　まあな。
水狼花　どっちにしろ、後でお注ぎすることになるから、ご贔屓に。
龍馬　おう。
出雲　……さっきの……どういう意味で……
水狼花　香海、ちょっとこっちきな。
香海　どうしたの？　姉さん。
水狼花　いいから、話があるんだよ。
香海　……はい。
小五郎　おい香海、行っちゃうのか？　俺を置いて。
香海　すぐ戻りますから。ごめんなさいね。
水狼花　出雲、あんたもだよ。向こうでな。
出雲　あ、はい！
中岡　おい出雲……お前には大事な仕事が……
龍馬　頼むぞ中岡。
中岡　わかってるよ！

出雲、中岡、その場を去っていく。

秋雪　なら、私も……。
龍馬　いや、お前は残れ。ここにだ。
秋雪　でも……。
水狼花　あんたは残りな。いいね……。
秋雪　え？
香海　姉さんが言ってるんだから、ね？
龍馬　そういうことだ。
小五郎　香海……。
香海　あと、よろしくね。坂本様、では……。
龍馬　ああ。
水狼花　坂本さん、目当てのせごどんは、遅れてるよ。焦らないようにねぇ。
龍馬　おお、そうか。
水狼花　楽しい夜になるといい。行くよ。
香海　はい。

香海、水狼花、その場を去っていく。

小五郎　香海も帰ったことだし……じゃあ、私も……。

龍馬　しつこいな、お前は残れって言ってんだろ。
小五郎　しかし乞食の私がいたところで……。
龍馬　だからいいんだ。このまま待ってりゃここに桂は現われるんだから。
小五郎　だったらなおさら……。
龍馬　折角だから、予行演習だ。
小五郎　……は？
秋雪　何をするんだい？
龍馬　おまえを桂に見立てて、長州を説得する。

驚く小五郎。
舞台ゆっくりと暗くなっていく。

★

場面変わって、水狼花と香海が歩いてる。

香海　姉さん、何なの？

水狼花は銭の入った袋を渡し、

水狼花　お疲れさん。今日はこのまま寝屋に帰りな。

香海　どういうこと？
水狼花　……他のゆめたちも全部帰らした。今夜は客締めだ。
香海　客締めって……
水狼花　今夜は薩摩がこの店を買ったんだよ。
香海　……薩摩が？　どうして？
水狼花　今夜は大切な日だろ。薩摩にとっても、長州にとっても。女の出る幕じゃないさ。
香海　でも……桂さんがいます。
水狼花　こっちだってせごどんの頼みなんだよ。私が聞かないわけいかないじゃないか。大丈夫、夜明けにもなりゃ、二つとも仲睦まじく酒でも飲んでるさ。
香海　姉さん。
水狼花　何回も同じ話させるんじゃないよ。帰りな。
香海　なら……どうして秋雪を？
水狼花　……残せって言うんだからしょうがないだろ。
香海　本当ですか⁉
水狼花　本当だよ⁉　早く来な！

出雲が駆け込んでくる。
後を追ってくる中岡。

出雲　どうしたんですか⁉
水狼花　出雲、香海を寝屋まで送りな……いいね。
出雲　え？　何で？
水狼花　お前は本当面倒くさい奴だね。香海に聞きな。ったく……。

水狼花、その場を後にする。

出雲　……え？
香海　今夜は店を薩摩が買ったって。ゆめたちを全員帰らせたって……。
出雲　ええ⁉
香海　とりあえず、一旦出るわね。ここに残ると、姉さん怒るから。
出雲　どうして……⁉
香海　これ……姉さんから。

袋を渡す香海。
その場を後にする。

出雲　ちょ……ちょっと……。何なんだ今日は一体……。
中岡　どうしたの？

出雲　いや、こっちの話ですけど……。
中岡　ねえ出雲、西郷ってどんな人？
出雲　は？
中岡　だから西郷、俺会った事ないから……。
出雲　それでよく坂本様の側近が務まりますね……。
中岡　どんな感じ？　怒ると怖いの？　やっぱり喧嘩好き？　四角いの？　やっぱり四角い感じなの？
出雲　その四角いっていうのが何かわからないですけど……。
中岡　どんな人なんだよ出雲⁉
出雲　だからどんな人かって言うと……。

そこに入ってくる西郷。

西郷　……。
出雲　あ。
中岡　あ、例えばこんな感じの人？
出雲　ええ……まさに。

挨拶をしようと近づく出雲。

そこに飛び込んでくるおりょう。

おりょう　しんちゃん‼
中岡　おりょう、どうしたんだよ⁉　こんな所に⁉
おりょう　……しんちゃん、黙って聞いて欲しいことがあるの。聞いてね。
中岡　あ、聞いてやりたいんだけど今それどころじゃないんだ。西郷がどんな奴か調べなきゃいけないいんだよ。なあ？
出雲　いや、ですからこの方が……
西郷　わしの話はいい‼　今はこっちのほうが先だ‼
出雲　え⁉
西郷　お前か……いいなずけをこんなにも悩ますのはお前か……⁉

中岡の胸倉を摑みあげる西郷。

中岡　ちょっと……何のことですか⁉
西郷　確かに芯のある恋文だ。だがな……この子は泣いておったんだぞ！　一人で‼　たった一人で！
おりょう　そうよ、このお相撲さんが助けてくれなきゃ私……。
出雲　お相撲さん……？

おりょう　そう。
中岡　ちょっとおりょう、これどういうことだよ⁉
西郷　うっちゃる‼

中岡をぶん投げる西郷。
さらに転がる中岡を摑み、上に持ち上げる。

中岡　おりょう‼
おりょう　ああ⁉　違う……お相撲さん違うわ……この人じゃないの。
西郷　え⁉
おりょう　この人は、あの人の親友よ。
西郷　違うのか……違うのか……。

慌てて離す西郷。
ゲホゲホ咳をする中岡。
西郷はおりょうに駆け寄り確認している。

出雲　中岡様……ちなみにこの方は……？
中岡　ああ、龍馬のいいなずけ、おりょうだ。

この会話をおりょうと西郷は聞いていない。

西郷　え……あ……オホン。すまんこってす。

中岡　あ、あっさり……。

おりょう　でも、あなたもひょっとして知ってたの？　私に隠してたの？

中岡　何が？

おりょう　決まってるじゃない！　あの人に別の女がいることよ⁉

中岡　ええ？　そうなの⁉

おりょう　しんちゃんも知らないの⁉

中岡　知らないよ、初めて聞いたよ‼

おりょう　やっぱり……やっぱり本気なんだわ……‼

泣き出すおりょう。

中岡　おい、おりょう、それ本当なのか⁉

おりょう　間違いないわよ、お相撲さん、黒よ……。

西郷　そうなのか……？

中岡　どうして……⁉

おりょう　あの人言ってたもの。本当に大事なことは中岡には言わないって……全部ぺらぺら喋るからって。
中岡　あ、そう……。
おりょう　あいつはいい奴だが、いささか調子が良すぎるって。
中岡　あ、そう……知らないままでいたかったな。
おりょう　あいつといつまでも付き合っていたいからこそ、大事なことは基本蚊帳の外だって。
中岡　おりょう、陰口は陰でやろう……。
おりょう　ごめん……。
中岡　でも、本当なのか？
おりょう　本当よ、これ見て。

おりょうは手紙を渡す。
それを読む中岡。

西郷　うむ……。
出雲　あの……よろしいでしょうか？
西郷　何だ？
出雲　どうして西郷様が……坂……
おりょう　お相撲さん……ここまで一緒に来たのも何かの縁……もう一つお願いしていい？

西郷　……お前のおかげで、大なしでここまで来れた。もうわしに怖いものはない!!　何でも言ってみろ。
おりょう　あの人が心からその人を愛しているとしたら、私はすっぱりと身を引く。
西郷　いいのか？
おりょう　しょうがないわ、だってあの人のこと、私も心から好きだもの。
西郷　……お前は泣かせる女だな。

二人して泣いている西郷とおりょう。

出雲　だから何で二人が……
おりょう　だからお願いがあるの。もしそうだったら、私の恋人になってほしいの。
西郷　わしが……？
出雲　なんかえらいことになってますよ……。
おりょう　そう、そしたらあの人も心置きなくその女の所にいける。私の強がりでもあり、優しさよ。
中岡　おりょう……これ、本気だわ。やつ、本気。
おりょう　最後の頼みよ、お願いできない……？
出雲　だから西郷様……どうしてあなたが坂本様の……
西郷　お前……半次郎に伝えてきてくれ。しばらくの間、留守にすると。
出雲　は……!?

中岡　おりょう、このお侍さんでいいの⁉
西郷　お侍さんではない‼　わしは、お相撲さんだ‼
おりょう　ひがーしー‼

盛り上がる西郷とおりょう。

出雲　やばいなぁ次から次へと……。
おりょう　ねえ、あの人は何処にいるの⁉
中岡　えっと……。
出雲　えっと……虎雪の座ですけど……。
西郷・おりょ　はっけよい‼

駆け込んでいく二人。

出雲　ああ……⁉　中岡様……。
中岡　誰なんだろ、浮気相手……？　で、西郷ってどんな人……？
出雲　もう……とりあえず……ちょっと伝えてきます。先戻っておいて下さい！　あれ、やばいから‼
中岡　え？　え⁉　出雲‼

その場を走り去る出雲。

中岡は、どっちにいってていいかわからず一瞬戸惑うが、おりょうたちの後を追い、その場を走り去っていく。

ACT3

場面変わって、虎雪の座。
龍馬と秋雪の見る先に、小五郎がいる。
勘違いされ、困っている小五郎。

小五郎　あっしに言ったところで、参考にはなりませんよ。
龍馬　……そんな事ないよ。……こごちゃん。
小五郎　だってあっしはただの乞食ですから。
龍馬　だからいいんだって。……こごちゃん。
小五郎　とにかく他の人に頼んでください。
龍馬　……こごちゃん。
小五郎　そのこごちゃんって言うのは何ですか!?
龍馬　小五郎だから、こごちゃん。可愛いでしょ？
小五郎　可愛いか？　これ？
秋雪　いえ……。

龍馬　いや、お前たちには伝わらないと思うが、桂小五郎はきっとわかってくれる。だからこれでいいの。こごちゃん。
小五郎　……。
龍馬　これで機嫌が良くなるだろ、本人はそこはかとなく笑顔だ。秋雪、次どうしたらいいと思う？
秋雪　いきなり聞くなよ。その前にこの人帰らせてあげたら、迷惑してるんだし……。
龍馬　……こごちゃん。
秋雪　嫌なんですよね、どうぞお帰りになって下さい。
龍馬　こごちゃん……。
秋雪　ごめんなさい。
龍馬　こごちゃん。
小五郎　まず、桂はこごちゃんは嫌いです。間違いなく。
龍馬　お、乗ってくれるか⁉　乗ってくれるか⁉
秋雪　いいんですか？
小五郎　ええ、でないとこのこごちゃんが夢に出てきそうだ。
龍馬　こ・じ・ろ・う。
小五郎　根本から変えましょう。二郎ではない、五郎です。
龍馬　わかった。
小五郎　……じゃあ、桂を想定して言わせてもらいますが、薩摩と長州が相容れることなど有り得

龍馬　ない。絶対にです。それも土佐の坂本さんの手引きによってなど、もっての外だ。
小五郎　水臭いな、坂ちゃんでいいよ。坂ちゃんで。
秋雪　一旦その可愛くなってくのやめましょう。
ちょっと黙って……。

龍馬に叱りつける秋雪。

小五郎　長州は今苦労の身だが、必ず幕府を潰す。それが新しい国です。
龍馬　わかる。その新しい国ってのは賛成なんだよ、みんな。
小五郎　だがそこには薩摩も土佐も入らない。ここまでやってきたのは、長州ですから。
龍馬　じゃあ入れちゃいなさいよ、折角だから。
小五郎　どうして？
龍馬　その方が楽しいだろ？　こごちゃん坂ちゃんお犬ちゃんでいこうよ。
小五郎　そんな理由では入れられない。雰囲気もやだし。
龍馬　いいじゃん。いいぜ、ややもすればだ、最高だぜ。
小五郎　意味もわからない。とにかく、乞食的にも桂的にもそこは変わりません。
龍馬　そうかい!!　……秋雪、言ってやれ。
秋雪　何で私が……？
龍馬　言葉が尽きた。

秋雪　早くないか!?
龍馬　つないでくれよ、な。よろしく。

考え込む龍馬。
秋雪は小五郎に耳打ちする。

秋雪　……もう……あの、一つ聞くんですけど……本物ですよね？
小五郎　え？
秋雪　さっき一緒にいましたから。本物の桂小五郎さんですよね？
小五郎　馬鹿……それはだな……
秋雪　大丈夫、この人考え込むと話聞いてませんから。ほら……。
龍馬　……。
小五郎　本当だ。
秋雪　桂さんでいいんですよね？
小五郎　……とりあえず、内緒だぞ。
秋雪　この状態、心中お察しします。
小五郎　わかってくれたか。
秋雪　えっと……私に詳しい事はわからないんですけど……さっきの話、どうしたらその……入れてもらえるんですか？　薩摩と土佐も。

小五郎　どうあっても無理だろうね。
秋雪　でも……長州も正直今、厳しいんですよね？
小五郎　……。
秋雪　何かいい方法があったら、いいですね。
龍馬　それだな。あまり責めるでもなく、かといって苦言も忘れない。秋雪、いいぞ。
秋雪　あんた、聞いてたの⁉
龍馬　当たり前だ。
小五郎　坂本さん、私は別に隠すつもりじゃ……
龍馬　乞食、今の雰囲気でいくから。桂はきっと乗ってくるから、そんな感じでよろしく。
秋雪　全然大丈夫。聞いてない。
小五郎　ね。
龍馬　ああ、それと土佐は関係ないぞ。俺はもう脱藩してるからな。手柄は土佐にいきやしねえよ。
小五郎　それさえも密約かもしれん。あんたは何をするかわからん。
龍馬　いいや、俺は「かんぱにー」を創りたいだけだ。
秋雪　かんぱにぃ？　なんだいそれ？
龍馬　まあすごく簡単に言うとだな、仲間とつるんで、海に出たいだけなんだよ。言ったろ、この路の先には海があるって。ずっと先を見てえんだよ。
秋雪　それで……。

龍馬　なあ桂、納得してくれんか？　お前が首を縦に振れば、それで納まるんだぞ。
小五郎　無理だ。
秋雪　どうしても……ですか？
小五郎　禁門《きんもん》の変《へん》での恨みは忘れん。薩摩が幕府に手を貸したせいで、何人もの同胞が死んだんだ。
　俺がここで折れれば、死んでいったあいつらに面子がたたん。
龍馬　西郷はその件については謝罪の意思があると言ってた。
秋雪　そうなの？
龍馬　ああ。
小五郎　はん……どうだか？　信用できませんね。
龍馬　いや、これは本当だ。
小五郎　ともかく、こちらが信用できないと言ってるんだ。耳を貸すつもりはない。
龍馬　桂……。
小五郎　何ですか？
龍馬　そりゃあ大変でございましたですね。
小五郎　……。
秋雪　若干鼻につくのよあんたは……。
小五郎　薩摩はことごとく俺たちの邪魔をした。ある時は幕府、ある時は朝廷、そのせいで長州の
　人間をどれだけ失ったか……。
秋雪　桂さんもう一つだけ……いいですか？

小五郎　何だ？
秋雪　もし、もしですよ……西郷さんが本当に謝ったら……どうされます？
小五郎　……それは……。
秋雪　あなたの面子と、長州の面子を考えて、もし一言謝ったとしたら……どうされますか？
小五郎　……駄目だ。駄目。
秋雪　どうして？
小五郎　俺は犬がだいっ嫌いだからだ。
秋雪　嘘でしょ。
小五郎　本当だよ。だから俺は乞食の時も必ず、ニャー、ニャーと猫をだな……。
秋雪　ちゃんと答えて。どうされるんです？　桂さんも、謝れますか？
小五郎　どうして俺が？
秋雪　同胞を失ったのは、薩摩も同じでしょ。
小五郎　あいつらと俺らを一緒にするな。この前の長征でどれだけの藩士が……
秋雪　数は問題ない。それじゃ、いたちごっこだわ。
小五郎　……だから……。
秋雪　どうします？　西郷さんが謝ったら、あなたも謝りますか？
小五郎　いや……駄目だ。あいつにはまだ貸しがある、同盟は結べん。
龍馬　でもお前は知ってる。心の中では、同盟を結ぶしか路がないことを。
小五郎　……どういう意味ですか？

龍馬　幕府が朝廷に圧力をかけ、第二次長州征伐の勅許を受けた。同時に薩摩にも、出兵を要請してる。同盟を結ぶしか、長州藩の生き残る道はない。それを知ってるのは、京で乞食を続けているお前だけだ。

小五郎　……。

秋雪　あんた……もしかして知って……

龍馬　謝ればいいんだよ。悪い事をしたら、謝る。それで許せなきゃ、別れりゃいいんだ。

小五郎　そんな恋人みたいにいくか……。

龍馬　恋人だろ、お前たち薩摩と長州は。

小五郎　おい……。

龍馬　惹かれあってることをひた隠しにして……つかず離れず……互いのことを想いながらも離れ離れ……。

秋雪　それ……。

龍馬　思い出した。言ったろ、得意技だって。

秋雪　じゃあ……あの文は……。

龍馬　ちなみに俺はどちらでもない。部外者だからな、お前らがもし仲直りをして、いずれ海を渡ってくれりゃ、俺の路ができ始める。

小五郎　坂本さん……。

龍馬　いいか桂、この路の先には、夜明けがある。そしてその先には……何だ？　秋雪。

秋雪　あんた……。

龍馬　ほら、早く言わないと、またわあわあ騒ぎだすぞ。この路の先には……。
秋雪　……何かがある。
龍馬　ぜよ。

笑う秋雪と龍馬。

小五郎　……あんたら。
龍馬　秋雪の言うとおりだ。まず、謝れるかどうかで、器が決まるってことだな。

西郷が入ってくる。

西郷　……。
龍馬　西郷……!!
秋雪　この方が……?
小五郎　……。

そっぽを向く小五郎。

龍馬　ああ。西郷、ちょっと来るの早くねえか?　申し訳ないが……

西郷　坂本っあん、ちょっと黙っといてつかあさい。
龍馬　え？
小五郎　……何か、言いたいことがあるのかな？　西郷隆盛殿。
西郷　わしは今、西郷じゃねぇ。横綱だ。
小五郎　は？
西郷　傷つけたのはお前か……お前か……!!
小五郎　はい!?

小五郎の胸倉を掴みあげる西郷。

小五郎　何だ貴様いきなり……!!
龍馬　西郷!!
秋雪　ちょ……ちょっとどういうこと？
龍馬　全然わかんない……。

小五郎をぶん投げる西郷。
慌ててよけ、思わず寄り添う秋雪と龍馬。
構わず胸倉を再び掴みあげる西郷。
そこにおりょうが入ってくる。

おりょう　ああ⁉　違うわ……。
龍馬　おりょう‼
おりょう　その人じゃないの‼　こっちよ、この龍馬よ‼
西郷　え……え⁉
小五郎　どういうことなんだよ？
おりょう　その人は間違いなの……こっちよ。

慌てて離す西郷。
おりょうは龍馬を指さしている。
驚く西郷。

西郷　坂本さんが……？
小五郎　坂本さん‼　こりゃ、どういう事ですか⁉　答えてもらわんと、許しませんよ。
西郷　痛かったか？……すまんこってす。

ぺこりと頭を下げる西郷。

龍馬　謝ったぞ秋雪‼

小五郎　意味違うだろ!!　意味が!!
龍馬　……っていうか、おりょう。何でお前がここにいる!?
おりょう　その女ね……その人なのね……？

秋雪を見つめるおりょう。

龍馬　ああ？
おりょう　とぼけんだ……そうやってとぼけんだ？
龍馬　お前何言ってるんだ？
おりょう　そんな答えを待ってるわけじゃなかったのに、ちゃんと現場に踏み込んだのよ。それがこれ？
龍馬　は？
秋雪　あのさ……。
龍馬　ああ、これおりょう。俺のいいなずけだ。

驚く秋雪。

秋雪　あっ、そう……。
西郷　痛く……なかった……？

小五郎　いや、痛かったよ。
西郷　本当に、すまんこってす。
小五郎　あのさ、あんまり謝らないでくれる？
西郷　え？
おりょう　よくもそんな事がぬけぬけと言えるわね。あんな文書いといて、その子まで辛い目にあわせるっていうの？
龍馬　はあ？　だからお前何言ってんだよ！
おりょう　こっちの台詞よ!!
龍馬　意味がわからねえだろ、いきなり!!

そこに中岡が飛び込んでくる。

中岡　あ、龍馬!!　うわっ、もうきちゃってる!!
龍馬　中岡、おりょう連れて帰れ。邪魔だ。
おりょう　何でよ帰らないわよ!!
龍馬　帰れよ!!
中岡　これ、龍馬……お前の書いた文……!!
龍馬　どうでもいい!!

中岡の持ってる手紙をはたき飛ばす龍馬。

中岡　ああ……。
おりょう　ああ、そうですか？　この子と一緒にいたいから……私は帰れと言うんですか⁉　大事なことは何一つ言わないで、帰れと言うんですか⁉
龍馬　ああ、そうだ帰れ、今大事な話をしてんだ‼
おりょう　はあ、女は大事じゃないってこと？　土佐の龍が聞いてあきれるわ！　買い被っていました‼
龍馬　てめぇこのやろう……。
おりょう　帰りますよ、別れてやりますよ。でも、あんたに女がいるようにね、私にだって男がいるのよ‼
西郷　どすこい‼

二人に割って入る西郷。

龍馬　西郷、何やってんだお前？
おりょう　見てわかんないの？　私の男よ。
龍馬　馬鹿みてえなこと言ってんじゃねえよ‼
おりょう　本当よ、本当だもの‼

西郷　……ああ。坂本っあん、あんたには悪いが……本当だ!!
龍馬　嘘だろ馬鹿!!　あったことねえだろお前ら!!
西郷　いや、それは……!!
おりょう　ほら、お相撲さん!!
龍馬　おりょう、お前今朝言ってたろ!?　西郷どんってどんな人って……。
おりょう　え？　お相撲さん……西郷さんなの？
西郷　ん……いや、だから……。
龍馬　とにかくお前は帰れ!!　邪魔だ!!

そっぽを向く龍馬とおりょう。

小五郎　……あのさ、これ……どういうこと?……非常にいづらいんだけど……。
中岡　いや……実はね……。
秋雪　あ……これ……。
小五郎　どったの？
秋雪　この文……これよ。桂さんに渡そうとしてた文……。
中岡　え？　そうなの!?
秋雪　間違いないわ……これ。
小五郎　え？　つまり要約すると……？

中岡　おりょうは、薩長に送る文を、浮気相手のものだと勘違いした。
おりょう　あなたは、呑気ね。強気な人。
秋雪　私？
小五郎　その浮気相手と勘違いされた秋雪。
秋雪　私違うわ!!
小五郎　んじゃ、あれは？
中岡　さっきおりょうに頼まれてた。恋人になりすましてくれって……。
小五郎　つまり……全部誤解ってことね。
秋雪　どうすれば……いいの？
小五郎　事情を話して、お互い謝ろう。

場面、一瞬の暗転。

★

場面変わって、半次郎と水狼花。

水狼花　半さん、約束どおりにしてきたよ。
半次郎　そうか。
水狼花　それにしても、あの新入りだけ泊めるってことは、覚悟を持ったってことかい？
半次郎　別にそんなわけじゃない……時間潰しに必要と思ったまでのことだ。

水狼花　それが女を買うっていうことなんだよ。

そこに奥から出雲の声がする。

出雲　失礼します……。
水狼花　入りな。

ふすまを開ける出雲。

出雲　失礼します。
水狼花　ちゃんと香海を送ってきたんだろうね。
出雲　いや、それが……。
水狼花　何だよ？
出雲　……西郷様がお着きになられました。
水狼花　本当かい？　犬がいなくても来れたんだねぇ。
半次郎　それで？
水狼花　そうだよ、何で早くここに通さないんだよ。
出雲　はい……ちょっと大変なことになってまして……。
水狼花　どうした？

出雲　一口には説明できないんですが……こう……なんというか……。
半次郎　大方、道案内された代わりに頼まれごとでもしたんだろう……。
出雲　あ、はいそうです！
水狼花　何処にいるんだせごどんは？
出雲　あ、虎雪の座です。
水狼花　ちょいと行って来るわ。

出て行こうとする水狼花。

出雲　あ、姉さん……ちょっとややこしいことになってまして……。
水狼花　何だよ？
出雲　あ、いえ……。
水狼花　久しぶりだねぇ、せごどん!!

水狼花、陽気にその場を去っていく。

出雲　……ああ。
半次郎　それで、何故お前がここに残る？
出雲　あ？　はい……これを……。

金の入った袋を差し出す出雲。

出雲　どうしてゆめたちを帰らせるなど……？

半次郎　聞かなかったか？　今夜は薩摩がこの店を買ったんだ。

出雲　しかし今日は……。

半次郎　もっとも、薩摩もそろそろ帰ることになるがな。

出雲　……それは!?

半次郎　この店には世話になってる。お前たちのことを考えてのことだ。

出雲　意味がわかりません、それはどういう意味でしょうか？

半次郎　遣手ごときに話すことではない。

出雲　今夜は楼主からこの店を預かっております。理由も無いまま、店を休みにはできません。

半次郎　それはこの中村半次郎が相手だとしてもか？

出雲　……そうです。

半次郎　……なら今宵限りの楼主に頼もう。急いでせごにぃを連れてきてくれ。話すのはそれからだ。

出雲　中村様……。

半次郎　来てるんだろ？　早くしてくれ、一刻を争う。

出雲　……わかりました。

出雲、その場を去ろうとする。

半次郎　それと、今日から入った新入りがいるだろ。
出雲　……秋雪……で、ございますか？
半次郎　連れてこい。初夜は、俺が務めよう。
出雲　……。
半次郎　どうした？
出雲　……わかりました。

その場を去っていく出雲。

★

場面変わって虎雪の座。
ふんぞり返っている龍馬がいる。
必死に説明している中岡。

中岡　龍馬……つまり、誤解してんだおりょうは。お前の文を、浮気と勘違いしたんだよ。
龍馬　……。
中岡　だからここはさ、それを優しく教えてあげればいいじゃないか。

龍馬　嫌だ!!
秋雪　……間違われたこっちの身にもなってほしいんだけど。
龍馬　あいつが悪いだろ!!　勝手に誤解してんだから……。
秋雪　そんなもんあんたらでやってくれよ!!
小五郎　で、そのおりょうとせごどんは？
秋雪　知らないよ、相談しながら向こう行っちゃったよ。
小五郎　ふーん。で、この俺の立場、何……？
龍馬　わりいな、乞食。下らんことに付き合わせちまって。
小五郎　はい？　え？　乞食？　あれ？
秋雪　あんた……本当は気づいてたんじゃなかったのか？
龍馬　何が？
秋雪　何がって……さっき乞食に身をやつしてた理由まで言ってたじゃないか？
龍馬　いや、だから気持ち入ってただろ？　つうか、桂も遅いしよ。本当いらいらする。
秋雪　……あんたさ……。
中岡　いっそのこと、お前が桂だったらいいのになー。
小五郎　……そうだね。

咳払いをしながら西郷とおりょうが入ってくる。

おりょう　えっと、オホン。
西郷　待たせてしまって、すまんこってす。
小五郎　お願いだから簡単に謝らないで……。
おりょう　さあ、言って。
西郷　えー坂本さん。えーわしは、確かにこのおりょうの男である。
中岡　もうそんな嘘つかなくていいんだよ。実はさ……
おりょう　いいから。さあ……
西郷　実は、えー、人目を忍んで……えーえー。
おりょう　一年前から……。
西郷　一年も前から、恋をしていたと……。
小五郎　嘘ばればれだしね。
西郷　すまんこってす。
小五郎　謝るなって……。
西郷　えー、そもそもの馴れ初めの話を……。
小五郎　長くなるから、いいから、もう!!　坂本さん!!
秋雪　あんたが言わないと始まらないでしょうが。
おりょう　どう?　本当の話よ。私、この人と出て行くから。あんたにもこの人がいるし、いいでしょ?
秋雪　私は……

龍馬　ああ、そうだな。俺には秋雪がいる。
秋雪　ちょ……ちょっと……。
おりょう　何よ……もう……!!
中岡　……顔、赤いよ。
秋雪　何が!?
おりょう　あっそう……いいのね、じゃあ私、この人に抱かれるわよ。この人に、あんなことやこんなことやそんなことまでされちゃうわよ!!
西郷　いや、それは流石にまずいんじゃ……
龍馬　勝手にしろよ!!　とにかく帰れ!
おりょう　何よもう!!
小五郎　あのさ……これ全部ただの誤解でね……。
中岡　そう……。

西郷に抱きつくおりょう。
その瞬間、水狼花が入ってくる。

水狼花　ちょっと何よこれ……?　何よ!!　せごどん!!
西郷　水狼花!?

西郷を引っぱたく水狼花。

水狼花　心配して待ってたらこれ……冗談じゃないわよ!!
中岡　ああもう最悪だねこりゃ。
秋雪　呑気に言ってる場合じゃないですよ。
西郷　いや、水狼花……これは……違……
おりょう　……。
西郷　違……くはないんだが……。
龍馬　一年前からお互い惹かれあってたんだと……。
小五郎　またあんたも火に油を注がないの。
水狼花　女がいたってことでいいんだね？
西郷　……まあ。
水狼花　私一筋だってずっと言い続けてたじゃない？　あれ、全部嘘だったの……。
西郷　嘘ではない！
おりょう　……。

西郷は泣く泣く、おりょうとの約束を守る。

西郷　ちきしょー!!　嘘だ!!

水狼花　せごどん!!
おりょう　ちょっと待って!!
水狼花　黙ってなあばずれ!!

刀を抜き、西郷に襲いかかる水狼花。
出雲が入ってくる。

出雲　うわあ姉さん!!　ちょっと止めてください。ちょっと!!
水狼花　この裏切り者が!!
秋雪　出雲……!!
出雲　あ、秋雪……!!　半次郎様のとこ行って!!　ついでに、呼んできて!!
秋雪　どうして!?
出雲　いいから早く!!
秋雪　もう……!!
中岡　龍馬、お前が止めなきゃ……!!
龍馬　やれやれ!!
おりょう　もとはと言えばあんたじゃない……!!

秋雪、逃げるようにその場を退場。

しっちゃかめっちゃかになる一同。

小五郎の大きな声!!

小五郎　ちょっと待て!!　いい加減にしろっ!!

静かになる一同。

水狼花　でもね!!

小五郎　うるさい!!　全員、正座!!

正座する一同。

小五郎　私の話を聞け。まずおりょうさん、誤解だ。坂本さんは浮気などしてない。この文は、薩摩と長州の和解を願った文だ。

おりょう　え……でも……。

西郷　本当か!?

小五郎　中岡さん、そうだよね。

中岡　はい、間違いなく……。

おりょう　じゃあ……。

小五郎　そうだ。坂本さん……あんたもあんただ。ちゃんと誤解だと言ってあげればここまでにならなかった。
龍馬　こいつが頭ごなしに変なこと言いやがるから……。
おりょう　あなた……ごめんなさい。
龍馬　……。
小五郎　こう言ってるよ、坂本さん？　あんたの番だ。
龍馬　……嫌だ。

龍馬を殴る小五郎。

小五郎　あんた言ってることとやってることが逆だろうが。ちゃんと、謝れるかどうかが器なんでしょ？　ほら、ちゃんと謝る。
おりょう　あなた、本当にごめんなさい。
小五郎　ほら。
龍馬　……わりぃ。
おりょう　あなた……。

仲直りをする龍馬とおりょう。

小五郎　よし。で、次。水狼花!!
水狼花　何よ？
小五郎　お前も誤解だ。
おりょう　あ、私が頼んだの、恋人のふりしてくれって。
水狼花　え？
小五郎　それにさっきの態度を見ればわかるだろ？　このお方がどれだけお前を愛しているか……。
水狼花　せごどん……。
西郷　頼まれたとはいえ……お前を傷つけた。すまなかった。
水狼花　せごどん……私も、悪かったねぇ。
西郷　水狼花……。

仲直りをする西郷と水狼花。

小五郎　これでよし……。
中岡　あんた、やるねぇ。
小五郎　何故こんなことをやってるのか、さっぱりわからんがな……。
出雲　ああ……西郷様、中村様がお呼びなんです……早急にと……。
西郷　わかった。あんた……。
小五郎　え？

西郷　何処の誰だかわからんが、世話になった。全く、すまんこってす。
小五郎　もう、慣れた。
中岡　さて!!　後は桂だな……龍馬、一気に行くぞ。
小五郎　……さて、それでは私はそろそろ……

ふすまを開けようとした瞬間、一人の男と共に、集団が入ってくる。
新撰組である。
男の名は、土方歳三。
小五郎を斬りつける土方。

土方　新撰組御用改めだ。
小五郎　お前……。

新撰組が部屋の周りを囲む。

土方　やはり京の噂は早い。本当にいるとはな……。
龍馬　土方!!
土方　坂本。幕府に仇なすものは、どんな理由があろうとも斬り捨てる。そう言った筈だ。
龍馬　おりょう、行くぞ!!

土方　やれ。

襲い掛かる新撰組隊士たち。
坂本、おりょう、中岡、退場。

西郷　水狼花!!　あんたもこっちだ!!

西郷は水狼花、小五郎を連れ、その場を後にする。

出雲　お待ち下さい土方様!!
土方　店主か……？
出雲　ここは遊郭です……ここでは……

金の入った袋を床に落とす土方。

土方　すぐ終わる。斬るべき人間はそんなにいない。
出雲　……どうして……
土方　薩摩の藩士が噂をしてな……よっぽど桂が邪魔らしい。
出雲　では……。

土方　……俺らにとっては、薩摩も土佐もいらんがな。

追いかける土方。

出雲　秋雪……!!

飛び出す出雲。

★

場面変わって、半次郎が苛々している。

半次郎　遅いっ……せごにぃ!?

入ってくる秋雪。

秋雪　失礼します。
半次郎　お前か……せごにぃは……!?
秋雪　坂本様と一緒にいらっしゃいます。
半次郎　まだいるのか!?
秋雪　半次郎様に来ていただきたいと……。

遠くから掛け声が聞こえる。

秋雪　これは……⁉
半次郎　思惑が狂いやがった……！

飛び込んでくる隊士。
西郷、小五郎、水狼花がやってくる。

半次郎　せごにぃ……‼
西郷　話は後だ‼　この方を守ってここを出ろ。薩摩藩邸まで向かえ‼
半次郎　……。
秋雪　桂様、大丈夫ですか⁉
西郷　⁉
水狼花　ふざけんじゃないよ‼　ここは女の仕事場だ‼
西郷　行け‼

襲い掛かる隊士たち。
小五郎、半次郎、退場。

西郷が隊士を斬り捨てる。
出雲が飛び込んでくる。

出雲　秋雪!!
西郷　あの男は桂か……?
秋雪　はい……。
西郷　……。
水狼花　せごどん!!
西郷　外へ出る。危なくない所に隠れていろ。

西郷、退場。
香海が飛び込んでくる。

香海　ちょっと……。
出雲　香海……!!
水狼花　下がっときな……こんな時に戻ってくるんじゃないよ!!
香海　今の……新撰組よね……?
水狼花　決まってんだろ!!

飛び出していく香海。

出雲　香海!!

水狼花　秋雪は任せな!!　早く!!

出雲　はい!

水狼花　こっちだよ!!

水狼花、秋雪、出雲、それぞれの方向に退場。

★

場面変わって、半次郎と小五郎が逃げている。

隊士を斬り落とす半次郎。

半次郎　ここを抜ければ薩摩藩邸ですよ。小五郎殿……。

小五郎　お前らの情けは受けん。

半次郎　その傷じゃ、そんな事言ってる場合じゃないでしょう。

土方が入ってくる。

小五郎　土方……!

土方　同盟ってのは、本当だったんだな。
小五郎　抜かせ‼
土方　まあいい。
半次郎　……あんた鬼の新撰組副長だってな？……一度やってみたかったんだよ。

土方に襲い掛かる半次郎。
寸での所で、斬られ倒れこむ。
半次郎は、わざと斬られている

小五郎　土方……。
土方　桂、お前を消せばいよいよ長州も終わりだな。
小五郎　……そんなわけにいくかよ。
土方　安心しろ、誰も残しはしねえよ。

刀を振り上げる土方。
香海が飛び込んでくる。

香海　歳さん‼
土方　……。

香海　止めて……お願いだから……!!
小五郎　香海……お前……？
香海　お願い……この人を斬らないで……歳さん。
土方　お前など……知らんぞ。
香海　……歳さん。

香海が小五郎に覆いかぶさる。

香海　この人は私の大事な人です……愛しい人です!!　それなら私も斬りなさい。
土方　……。
香海　お願いだから……歳さん……馴染みでしょ……。
土方　知らんな……。

坂本、中岡が飛び込んでくる。
銃を構えている龍馬。

龍馬　土方!!　動けば撃つぞ。
土方　それは好都合だ。大手を振って総司たちがお前を斬りに行けるからな。
龍馬　新しい夜明けに必要なのは桂と西郷だ。お前たちじゃない……。

土方　……。
香海　歳さん……一つでいいから……全て忘れるから……お願い……。
龍馬　土方!!
土方　……なら証明してもらおう。夜明けなど、興味は無いんでな……。

刀をしまい、去っていく土方。
舞台ゆっくりと暗くなっていく。

★

場面変わって、龍馬がそこにいる。
手紙を書いている龍馬。
入ってくる秋雪。

秋雪　……何してんだよ?
龍馬　忘れないうちに、書いておこうと思ってな……。
秋雪　文は見つかったんだろ……?
龍馬　薩摩の文を書いてなかったからな……それに、ちょっと足した。
秋雪　へえ……。
龍馬　お前が書いたようなもんだぞ、この文も、薩長の同盟もな。
秋雪　そんなことはないわよ……。

龍馬　いーや、一人のゆめが書いた恋の字だ。
秋雪　……。
龍馬　さ、始まるぞ。

小五郎と香海が入ってくる。
反対から西郷と水狼花。
中央には、中岡と半次郎が入ってくる。

中岡　さてと、それじゃ始めましょうかね……。
龍馬　納得のいかないことがあれば、今言っとくことにしようぜ。後腐れがあっちゃ、謝れないからな。それと……桂。
小五郎　……。
龍馬　本物だったんだな。
秋雪　もういいよ。
西郷　一つ……半次郎。
半次郎　なんだよせごにぃ。
西郷　壬生新撰組に噂を流したのは、お前だな。
半次郎　……。
龍馬　いいじゃねえか、無事に済んだんだから。

西郷　お前だな？
半次郎　当たり前だろ。

半次郎を殴る西郷。

西郷　この馬鹿もんが!!　次にこの人に何かあったら、わしはお前を許さん。いや、わしが腹を斬る。
半次郎　せごにぃ……。
西郷　それが国だぞ、半次郎!!

真剣な眼差しの西郷に、半次郎は頭を下げる。

龍馬　んじゃ俺も斬ることにすっか？
中岡　え？　じゃあ……俺も……？
西郷　桂小五郎殿……これがわしの一つだ。他には無い。
龍馬　……桂は？
小五郎　一つだけ……何故一度目の会合をすっぽかした……。その理由だけ聞きたい。
西郷　それは……。
小五郎　長州に赤っ恥かかせたんだ。それだけは……答えてもらうぞ。

龍馬　もう言っちゃえよ……西郷。
西郷　いや……それだけは……言えん……。
小五郎　どうしてだ？

口をつぐむ西郷。
半次郎が見かねて、

半次郎　道に迷ってたんだよ。せごにぃは犬がいないと、まともに着くこともできないからな。

驚くその場の面々。

西郷　桂殿は、犬が苦手だと聞いた。なので気を遣ったつもりだったが……逆に仇となったようだ。

笑う女たち。

小五郎　……。
水狼花　許してくれよ、悪い奴じゃないんだよこの人は。
香海　あら、それはこの人だって同じよ。

水狼花　言うね香海。
龍馬　なんかいい雰囲気じゃねえか。秋雪、俺にも言ってくれ。
秋雪　あんたを良く知らないよ。
龍馬　じゃあ知れ。俺を知れ。
秋雪　馬鹿じゃないの。

思わず戸惑う秋雪。

中岡　……あ、また赤くなった。
秋雪　そんなことないわよ……。
龍馬　さて……と。
西郷　桂殿……。

襟を正す西郷。

西郷　今までの薩摩の非礼、どうか……
小五郎　謝る必要はない。
龍馬　桂……。
小五郎　あんたには、もうたくさん謝られてる。

笑う小五郎。
夜明けの光が舞台いっぱいに射しこんでくる。
ふすまの奥から、見つめる出雲が一瞬、見える。
舞台ゆっくりと暗転していく。

ACT 4

舞台明るくなると、秋雪が一人佇んでいる。
ひぐらしの鳴く音。
障子を開け、外を見つめる秋雪。

秋雪　……。

そこに入ってくる女。
香海である。

香海　やっぱり……ここにいた。
秋雪　あ……。
香海　暑いわねぇ……今日は……。
秋雪　……本当。
香海　本当いやんなっちゃう。もう冬も始まったってのに……。

秋雪　ひぐらしまで鳴いてる……。
香海　……頑張って、生きてたのね。私たちと一緒……。
秋雪　あ……。

襟を正し、お辞儀をする秋雪。

秋雪　この度の身請け、おめでとうございます。
香海　ああ、ありがと。
秋雪　聞いたわよ。仙台一の漬物問屋さんでしょ……？　立派な嫁入りね、玉の輿。
香海　そんなんじゃないわ。
秋雪　どんな人？
香海　うーん。ちょっと年を召してるけど、いい人よ。優しくて、誠実で。だから今夜が最後のお座敷。明日の朝には……ここを出るから。
秋雪　ご挨拶が遅くなってごめんなさい。
香海　わかってるわ……水狼花姉さんのことがあったもの。気遣ってでしょ……？
秋雪　……。
香海　どう？　容態は？

首を振る秋雪。

秋雪　ちっとも……本人は座敷に出るって言い張ってるけど……西郷様が久しぶりにいらっしゃるって……。

香海　ねえ秋雪、姉さんはやっぱり……

秋雪　めでたい日なんだからそんなこと気にしないで。大丈夫、きっと良くなる。そんな顔してたら、姉さんに引っぱたかれるわよ。

香海　……そう、ね。

秋雪　今夜、桂さんも来るそうよ。きっと、あなたね。

香海　そういうわけには、いかないわ。少なくとも、あの人だけはね。挨拶したらとっとと出ていくわよ。

秋雪　きっと駄々こねるわよ。どうして俺を捨てていくんだぁって。

香海　良く言うわよ。もともと、あの人にだっていいなずけがいるんだから。どんだけ大儀があろうと、男って本当勝手。

秋雪　……本当そうね。

香海　じゃ、行くわ。立派に務めあげないとね。

秋雪　よろしくお願いします。

立ち止まる香海。

香海　思い出してたの？
秋雪　何？
香海　その路の先……あの日も、こんな日だったでしょ？　……薩長同盟のあの日、あなたがここに来た日よ。
秋雪　……。
香海　あれから、もう一年。いろんなことがあるけど、私たちも一緒ね。そのひぐらしと……。
秋雪　頑張って……生きてる？
香海　そうよ、秋雪太夫。

香海は小さく微笑み、その場を後にする。
閉まっている障子を見つめる秋雪。

秋雪　……夜明け……か。

龍馬が勢い良く障子を開ける。

龍馬　そうだ、そしてこの路の先には何かがある。
秋雪　……ちょっと、どうしたの？
龍馬　どうしたもこうしたもないだろ。今日は俺の誕生日だぞ！　知らなかったのか⁉

秋雪　……知ってるわよ。
龍馬　お、やっぱそうか。
秋雪　悔しいけど、今じゃ、あんたの噂をしない京人はいないからねぇ。
龍馬　そうだろう、そうだろう。
秋雪　で、何しに？
龍馬　俺を、祝え。秋雪、祝うぞ。
秋雪　馬鹿言ってんじゃないよ。ここはあんたらが金を置いてくところだぞ。何もしない男を祝う義理はないね。
龍馬　いいじゃねえか。
秋雪　それに……私にはね、もう……
龍馬　いい。秋雪、細かいことは気にしなくていい。言いたくねえことは言うな。
秋雪　あんた……。
龍馬　今日はな、お前にもう一つあったんだ。できたぞ、願いに願ったカンパニーだ。
秋雪　かんぱにぃ？
龍馬　ああ、海援隊だ。前にも言ったろ。仲間と海の向こうに行くんだって。
秋雪　……ああ。
龍馬　お前も連れてくぞ。
秋雪　私を？
龍馬　そうだ。この路の向こうには海がある。そしてその先には何かがあるんだ。

秋雪　……何で私が……？
龍馬　連れてくんだよ……秋雪、お前を連れていきたいんだ。
秋雪　……本気か？
龍馬　ああ。おまえの夢だろ。ゆめゆめこの路《じ》……夢この路《じ》。
秋雪　私は……私も……。

龍馬に歩み寄る秋雪。

出雲　秋雪太夫。

振り返る秋雪。
出雲が後ろに立っている。
秋雪の夢であり、そこに龍馬はいない。

秋雪　え？
出雲　どうした？
秋雪　……いや、何でもないよ。ただの……うたた寝だ。
出雲　夢でも、見てたのか？　そんな格好で……。
秋雪　そうだね……叶わぬ夢だ。何か用？

出雲　あのな……秋雪。中村半次郎様がいらっしゃってる……。
秋雪　……申の刻まではまだ早いよ。太夫は寝てていいんじゃなかったっけ?
出雲　ああ……そう言ったんだが……。
秋雪　惚れられたもんだねぇ、私も。
出雲　秋雪、嫌ならもう一度行ってくるから。
秋雪　いいよ、いつものことだから。お待ちしてると伝えて。
出雲　……すまん……。
秋雪　ゆめゆめこの路……ゆめこの字……。
出雲　何だよそれ?
秋雪　行って、出雲。
出雲　……秋雪、俺さ……ずっと貯めてる金があるんだ……勿論、今は足りないけど……でもも
し……

部屋の奥から大きな声が聞こえる。

水狼花の声　「ふざけんじゃないよ!!」

驚く秋雪と出雲。

秋雪　これ……姉さん……⁉

部屋を飛び出していく秋雪と出雲。

★

場面変わって、立ち去ろうとする半次郎。

飛び込んでくる水狼花。

水狼花は、ひどくやつれている。

水狼花　待ちな……‼　半さん……もういっぺん言ってみろ。

半次郎　……。

水狼花　答えによっちゃ、いくらあんたでも許しはしないよ。

半次郎　……これ以上、せごにぃには近づくな。お前の役目はもう終わったんだ。

水狼花　……あんた……。

半次郎　せごにぃは今この国で一番必要な男だ。それに見合う女もいる。

水狼花　なあ……半さん……冗談はそれくらいにしなよ……なあ。あの人は、私に心底惚れてるじゃないか……久しぶりに逢えるんだよ……やっと……逢えるんじゃないか……。

半次郎　最初から愛などない。京遊びの一つだ。それはお前も同じだろう？

水狼花　……生意気言うんじゃないよ、このガキが……。

半次郎　顔見知りであったことも忘れろ。守れないならば、その場で俺がお前を斬る。

水狼花　やってみろ!!　さあ、やってみな!!

摑み掛かろうとする水狼花。
飛び込んできた出雲と秋雪が必死で止める。

秋雪　姉さん!!
水狼花　馬鹿にすんじゃないよ!!
出雲　駄目です!!　姉さん!!
水狼花　離せ出雲!!　このガキ殺してやるんだっ……出雲!!
出雲　駄目です!!

金の入った袋を投げる半次郎。

水狼花　この……。
半次郎　使い物にならんお前には、充分すぎる額だ。とっておけ。
秋雪　半さんもう止めて下さい!!
半次郎　いつまで隠してるつもりだ!!
秋雪　……。
水狼花　何だよ……?　何だよ今の……。

半次郎　水狼花。
秋雪　やめて半さん!!
半次郎　水狼花！　……お前は、「かさ」だ。
水狼花　……嘘だろ……。
半次郎　出雲……きちんと言ってやれ。梅毒を置く遊郭など、三日で消えるぞ。
水狼花　嘘だろ……なあ、冗談じゃないよ、出雲……嘘だろ？
出雲　……姉さん……。
水狼花　秋雪、嘘だろ？　嘘だと言ってくれ……。
半次郎　せごにぃには金輪際近づくな……いいな。

その場を離れる半次郎。

水狼花　私が……かさだと……この京一の水狼花が……。
出雲　姉さん……すいません……。
水狼花　……ふざけんじゃないよ……ふざけんじゃないよふざけんじゃないよふざけんなああ!!　何のために生きてきたと思ってんだい……私はゆめだ。この京のゆめだ……ここで捨てられてたまるか……捨てられてたまるかよ!!　何のために!!　何の……何のために……。
秋雪　姉さん……。
水狼花　秋雪……この京は……ゆめが創ってきたんだよ……私が創ってきたんだ。

秋雪　……はい。

水狼花、その場を離れていく。
ひぐらしの鳴く音が響いていく。

★

場面変わって、新撰組屯所。
そこに入ってくる龍馬とおりょう。

龍馬　おーい!!　土方いるかー!!

構える新撰組隊士たち。

龍馬　おいおい、物騒なもん掲げんじゃねえよ。
おりょう　あなた……。
龍馬　大丈夫だよ。おい、土方出してくれ、ちょっと話があるんだ。

飛び掛かる新撰組隊士。
土方が現われる。

土方　……やめておけ。
龍馬　おう土方。
土方　坂本、度胸があるのもほどほどにしとけ。今、この国で一番狙われてるのは、お前だぞ。
龍馬　なに、危なくなったらすぐに逃げるさ。お前ら人斬り集団ほどたちの悪いのはいないからな。
土方　何の用だ？
龍馬　ちょい席外させろ。こんなの滅多にねえぞ、幕府を倒した張本人と、幕府の暗殺集団との茶飲み話なんてな……。ほら行った行った!!
土方　……外せ。

隊士たちがいなくなる。

土方　……嫁か？
龍馬　ああ。
おりょう　妻のおりょうです。
龍馬　新婚でな……各地を巡る旅行に行ってきたばかりだ。ハニムーンって奴だな。
おりょう　ハネムーンでしょ。
龍馬　そう、ハネムーンぜよ。なあ土方、お前鹿児島はいいぞ、飯もうまかったし温泉だってなぁ？

おりょう　ええ。
土方　呑気なもんだな、お前らは。
龍馬　そんなことはねえよ。まだまだ行くぞ。次は……
おりょう　蝦夷よ。北国の雪を見るんだから。
龍馬　そうだそれ！　本物の寒さを知っとかなきゃいかん……。
土方　それで用件とは何だ？　手短に話せ。
おりょう　あ、今日はね……この人の誕生日なんです。
龍馬　そうなんです。
土方　……で？
龍馬　え？
おりょう　だから……。
土方　……おめでとう。
二人　ありがとう。
土方　……それだけを言いに来たのかお前は……？
龍馬　そう。
おりょう　違うでしょう？
龍馬　あ、違う。で、盛大な誕生会を開くんだ。だから、お前を招待しようと思ってな。
土方　……正気かお前は？
龍馬　俺に嘘はねえよ。

土方　ならその気持ちに免じて今日だけは無事に帰してやる。気が変わらんうちに行け。
龍馬　香海が逢いたがってんだ。お前の昔馴染みだろ。
土方　……。
おりょう　無事に身請け先が決まってね……今日が最後の座敷なのよ。あなたにきっと逢いたがってると思うから。
土方　……そんな女は知らんな。
龍馬　お前の話は聞いてねえよ。あくまでも香海の為だ。
土方　……。
龍馬　逢ってやれよ、たぶん……二度と逢えんぞ。
土方　ふざけた話だ。
龍馬　おい土方、ちょっと貸してくれ。
土方　何が？
龍馬　しょんべん。どっち、どっち？
土方　お前、本当に死にたいのか？
龍馬　死にたくねえよ、もれそうなんだよ。どっち、どっち？
土方　……。
龍馬　おりょう気をつけろよー。

土方の指した方向に去っていく龍馬。

おりょう　ごめんなさい、本当に。あ、もし良かったら来て下さい。待ってますから。
土方　行くわけがない。わかってるだろ？
おりょう　はい。
土方　ならどうして言いに来た？
おりょう　言わないと、後悔すると思ったから。だから。
土方　……。
おりょう　二つのことを一緒にできないまっすぐな人だから、手離した。それが私の読み……どうでしょう？
土方　知らんな……。
おりょう　そう？　でも、あの人も一緒だもの。普段はね……絶対何処にも連れてってくれないの。いっつもお留守番。ほら、こんな機会滅多にないでしょ？　だからついてきちゃいました。
土方　どうして？
おりょう　命が危ないからって……武士道なんてくそ食らえ、どんなことがあっても生きるほうが大事ぜよ。それがモットーだって。あ、モットーって言うのは……
土方　知ってる。だが、俺たちには相容れない考えだ。
おりょう　そんなことないって。新しい国は、そういうかんぱにぃだって。土佐も薩摩も長州も、幕府も新撰組も、みんな一つの夜明けを見るって。
土方　……。

おりょう　面白いと、思いません？
土方　……変わった男を持つと、苦労するな。
おりょう　でも、愛してますから。心底。
土方　……お前も、十分変わってる。

小さく微笑む土方。
それを見て、微笑むおりょう。
土方がふすまを開けると、龍馬が聞き耳を立てている。

龍馬　おい土方、厠が何処にもねえじゃねえかよ!?　おい！
土方　嘘を教えた。
龍馬　何でだよ！
土方　お前に貸すものはない。早く出て行かんと斬るぞ。
龍馬　おいちょっと待ておい!!

土方は部屋の奥へ消えていく。
隊士達がやってきて、刀を構える。
慌てる龍馬、おりょうと慌ててその場を離れる。

★

座り込む半次郎。
ゆっくりと西郷が入ってくる。

半次郎　せごにぃか……。
西郷　水狼花に……告げたそうだな。
半次郎　ああ、手切れの金も渡してやった。
西郷　半次郎……。
半次郎　水狼花にはもう逢うな。あいつはせごにぃを愛してなんかいないさ、必要だと思うからそばにいた。そんなのわかってただろ？
西郷　だがわしは心底愛してた。
半次郎　……知ってるよ。だから俺が言ったんだろうが。
西郷　……。
半次郎　また俺を殴るかい？　ま、殴られてもやめないけどな。
西郷　……お前が泥をかぶることはないんだ。
半次郎　そんなわけいくかよ。俺はガキの頃からあんたについてくって決めてんだ。あんたがこの国の頂点になるんだったら、何だってやるぞ。
西郷　半次郎……すまんな。
半次郎　国見えてるぞ、せごにぃ。たった一つのことを残して……桂の覚悟も決まってる。あとはあんただけだ。

西郷　……夜明けとは、残酷だな。
半次郎　他のことは何だってやってやる。だからせごにぃ、明日を見せてくれ。薩摩に……。

半次郎、退場。
立ち止まる西郷、その場に小五郎が入ってくる。
ひぐらしの鳴く音が聞こえる。

小五郎　蒸し暑いな……冬だってのに。ひぐらしまで鳴いてやがる。
西郷　ああ。あの日と一緒だ。
小五郎　西郷殿……何を考えてます？
西郷　たぶん、桂殿と同じことだ。
小五郎　……そう。じゃあ、一つだけだねぇ。
西郷　あの日は……必死で、誤解ばかりで、馬鹿馬鹿しくて、困って、そして……楽しかった。
小五郎　……忘れてませんよ。誰も……。
西郷　新しい夜明けが来たしても……忘れんぞ。
小五郎　……坂本さんが海上からライフル銃一三〇〇丁を手に入れた。大政奉還を成し、新政府《しんせいふ》八朔《はっさく》を唱えた今、事実上、これは土佐の国だ。新しい時代は、一人の男が握っている。
西郷　……そうか。
小五郎　あの人が描いた夢は、結果的にあの人だけのものになるだろう。我ら薩長の同盟も、すべてがあの人の夢の路だ。

手紙を渡す西郷。

西郷　……この文を……絵は薩摩が描き……。

小五郎　長州が乗ろう。

受け取る小五郎。

ひぐらしの鳴く音が響いていく。

香海が入ってくる。

小五郎　坂本龍馬を暗殺する。新しい夜明けの為に。

驚く香海。

香海に気づく小五郎と西郷。

逃げ出す香海。

★

場面変わって、半次郎がそこにいる。

入ってくる秋雪。

秋雪　もうお話はよろしいんですか？
半次郎　……ああ。秋雪、先ほどはすまなかったな……。
秋雪　こちらこそ……申し訳ありません……でも久しぶりですね、こうやってみんなが集まるの。
半次郎　少し場所を変える事になった。近江屋へ行く。
秋雪　近江屋へ？　どうして……？
半次郎　お前と坂本を逢わせたくないからだ。
秋雪　……半さん。
半次郎　秋雪、年が明ければお前を身請けする。俺はそのつもりだ。
秋雪　……。
半次郎　喜びは、しないいんだな。
秋雪　……そんなこと。驚いただけです。

飛び込んでくる香海。

香海　秋雪!!
秋雪　……どうしたの？
香海　!?　……半次郎様……。
半次郎　最後の晩にしては、えらく失礼だな香海……。

香海　……申し訳ございません。
秋雪　……本当に、どうしたの？
紙に急いで短い言葉を書く香海。
秋雪　香海？
読む秋雪、驚きと共に震えだす。
秋雪　……そんな……。
香海　……半次郎様、秋雪は少し所用ができまして……私が代わりを……。
半次郎　どうした？
香海　水狼花姉さんのことでして……ねえ、秋雪。
飛び出す秋雪。
半次郎　秋雪!!
走り去っていく秋雪。

★
彷徨うように歩いている水狼花。
★
中岡と合流する龍馬。
笑顔で見送るおりょう。
手を振り、その場を二人は別れていく。
★
香海の部屋に合流する、小五郎と西郷。
首を振る香海。
そして悲しそうに首を振る小五郎。
逃げ出す香海。
★
走っている秋雪。
出雲が飛び込んでくる。

出雲　秋雪、秋雪!!　どうした⁉
秋雪　坂本が……坂本が殺されるの!!
出雲　秋雪!!　ちょっと待て……どういうことだよ!!
秋雪　あの人を助けて……お願い……助けて!!　近江屋に向かうから！

出雲　お前……。
秋雪　嫌なの!!　いなくなるのは嫌なのよ!!　お願い出雲……あの人を……夢なの……あの人が私の夢なのよ!!

想いを叫ぶ秋雪がいる。
呆然としながらも、見つめる出雲がいる。

出雲　秋雪……。
秋雪　出雲!!
出雲　……わかった!!

走っていく出雲。
秋雪も追いかけていく。

★

香海を斬り殺す半次郎。
ゆっくりと崩れ落ちる香海。
半次郎はその場を後にする。
静かに、土方が入ってくる。

香海　……歳さんだ……。
土方　……。
香海　すごい……夢って……叶うのね……。
土方　……。
香海　私ね……あのね……。
土方　話すな……お雪。
香海　はい……。

舞台ゆっくりと暗くなっていく。

★

場所は、近江屋。
龍馬が座り込む。
そわそわする中岡。

龍馬　どうした……中岡？
中岡　いや……なんか落ち着かなくて……。
龍馬　あせんじゃねえよ。誕生日だぞ。
中岡　なあ、龍馬……一緒にいような。これからも、ずっと。
龍馬　は？

中岡　俺、なんもできねえけど……ずっとそう思ってきたからさ、海の向こう、行こうな。その先もずっと、行こうな。
龍馬　……中岡。
中岡　何でもするからさ、夜明けを見ような。俺も連れてってくれな。
龍馬　当たり前だろ。
中岡　やった。よし、しんみりした話終わり。もう少ししたら桂と西郷……
龍馬　中岡!!

飛び込んでくる薩摩・長州藩士達。
場面、一瞬の暗転。

★

高く銃声の音が響く。
出雲に光が当たる。

出雲　坂本様!!

走り出す出雲。
場面、一瞬の暗転。

★

舞台ゆっくり明るくなると、倒れている中岡と龍馬。
意識を失っている中岡。
出雲が飛び込んでくる。

出雲　坂本さん……中岡さん!!
龍馬　……なか……おか!

出雲、倒れている坂本を抱きかかえ、

出雲　坂本さん……死んじゃ……駄目だ!!　死んだら駄目だ……。
龍馬　大丈夫だ……中岡を……。
出雲　わかりました……。

中岡を助け起こす出雲。
そこに水狼花が入ってくる。

水狼花　坂本さん……。
出雲　姉さん……坂本さんを!!
水狼花　せごどん、少し遅れるそうだから……ね。

――一瞬の、出来事。
坂本を斬りつける水狼花。
ゆっくりと崩れ落ちる坂本。
静寂が広がる。

出雲　ねえ……さん……。
水狼花　しょうが……ないじゃないか……こうしたら……私が必要だろ……この京でゆめがのしあがるには……これくらいしなきゃ……そうだろ……。
出雲　……。
水狼花　ねえそうだろ……出雲……そうだと言ってくれよ……そうだよねぇ……出雲……。

出雲は……ゆっくりと近づき、水狼花を抱きしめる。

出雲　……はい。だってゆめという言葉は……あなたがつけたんですから……。

入ってくる秋雪。

秋雪　あ……。

言葉にならない秋雪。

秋雪　……。

出雲　泣くな……泣くな秋雪。おまえはゆめなんだから。

秋雪　……。

出雲　もう夜が明けるから……覚めるから……おまえは……ゆめだから。

涙を堪えている秋雪。

だがとめどなく涙が溢れていく。

舞台ゆっくりと暗くなっていく。

EPILOGUE

秋雪が立っている。
そこに入ってくる出雲。

出雲　困ったことがあったら……楼主に気兼ねなく頼んでな。全部言ってあるし、多少のお金も渡してある。
秋雪　……何処へ行くのか、決まったの？
出雲　ああ、会津の方へ、つてを尋ねて行ってみるよ。江戸も近いし……。
秋雪　……そう。
出雲　おまえは……大丈夫か？
秋雪　あんたが……いなくて？
出雲　……そうじゃなくて。
秋雪　後朝でもして欲しいかい？
出雲　馬鹿言え。
秋雪　……出雲……止めないよ。だから……気をつけなさい。

出雲　……ああ。さてと……じゃあ。

出雲は部屋を去っていく。
一人見つめる秋雪。
ゆっくりと、障子を見つめ、開ける。
路の先を見つめる秋雪。

秋雪　出雲……この路の先を見てるよ……明日も、一月も……一年も……ここから見える景色を焼き付けておくよ……ここにいる限り……だって……。

ふと、気配を感じる秋雪。

秋雪　夜明けがあるから。

薩長同盟の景色が広がる。
立ち上がり微笑む秋雪。
障子をパタンと閉める。

完

あとがき

季節の変わり目も振り返らず、ずっと舞台を創っているものですから、たまに不思議な感覚に陥る事があります。例えばそれは、劇場で聞く蟬の音で夏を感じる事であり、振らせた紙の雪で銀の世界を慕る事であり、舞台一面に広がるアンバーの色味で秋の寂しさを感じる事であり。振り返らないという事は前に進む何かがあるという事ですが、それでも季節はちゃんと追いかけて追い越していくのだと、ふと考えている所です。

歴史に名を残した偉人達も、そうでなかった人でも、季節は変わらず、追い越していくのであればいいなと、思っています。

この作品は、二〇〇七年一〇月、田中良子さんプロデュースの「icecream happy」の新作として笹塚ファクトリーにて上演されたものです。明治という時代の礎となった薩長同盟と坂本龍馬暗殺の二つの夜明けを、遊郭の女を視点に描いた二幕の物語。僕にとっては珍しい、女性視点の物語です。(何処が？　と言われればそれまでなんですが)

きっかけとなったのは、彼女の印象的な言葉でした。幕末という激動の時代の中で、必死に生きてきた侍たちは、今日まで当たり前のように描かれています。その中で何をテーマに物語を描くのかを考えていると、彼女は屈託なく、「女性はいつの時代も必死だもの、勿論今も」と、笑って言いました。その言葉を手掛かりに、秋雪という女性を描きました。

人が人に恋をして、焦がれるように想いを馳せて、添い遂げたいと願う。物語は美しくありたいと願いながら、現実は決してそうではありません。秋雪と出雲のそれぞれの想いも、添い遂げられない現実も、良くある物語であり、また、他の誰にも変わることのない忘れぬ物語です。それぞれの恋を、それぞれの胸の中に残すように。

戯曲集もこれで五冊目になりました。一年に一度、集団の中での唯一の僕の個人作業です。一つ形を残すたびに、一つ歳を重ねるような、そんな感慨深いものがあります。こうして戯曲を残し、作品が一人で歩き、また新たな集団で花を咲かせ、新たな観客に出逢う。

劇作家にとって、これほど幸福な事はありません。舞台とは、「観客の皆さん」の為にあるものですから。

四作目の『オンリーシルバーフィッシュ』にも書きましたが、上演する上で絶対に必要なものなどありません。必死に生きる男と女であればそれだけで充分。あなたと、あなたの仲間で必死に生きて下さい。自分ではなく人の胸に残すのは、それが一番だと思うから。物語を超えて、あなたの物語が客席に届きますように。

論創社の森下紀夫さん、関係者の皆さん、ありがとうございました。出演してくれた腕も華もある俳優さんたち、共に航海を続けるAND ENDLESSのメンバー、ありがとう。そしてこの作品を創るきっかけをくれた、メンバーでもある良子。本当にありがとう。この企画の話を貰った時に、「すごくやりたい物語があるんです」と熱心に言っていたので、興味深く聞き返すと「幕末」という二文字以外何も言わなかった彼女。今となっては、それもいい思い出として。

最後に、いつも劇場に足を運んでくれる皆さん、この戯曲を手にしてくれているあなた。

精一杯の想いを込めて、ありがとうを伝えます。

気合を込めて、ありがとう!!

ゆめゆめこのじは、「恋の字」であり、「この路」でもあります。僕の物語の路も、焦がれるような夢もまだまだ続く。そしてあなたも。

二〇〇九年四月　『WORLDS』の顔合わせ前夜に。

西田大輔

icecream happy『～ゆめゆめ㋙のじ』

上演期間・・・・・・2007年10月11日～17日
上演場所・・・・・・笹塚ファクトリー
【ＣＡＳＴ】
秋雪・・・・・・・・田中良子
出雲・・・・・・・・村田雅和
坂本龍馬・・・・・・児島功一
おりょう・・・・・・塚本千代
桂小五郎・・・・・・窪寺昭
香海太夫・・・・・・後藤藍
中岡慎太郎・・・・・松尾耕
水狼花太夫・・・・・中村真知子
西郷隆盛・・・・・・佐久間祐人
中村半次郎・・・・・村岡大介
土方歳三・・・・・・西田大輔
新撰組隊士・・・・・伊藤寛司　岩崎大輔　一内侑
永島真之介　平野雅史　渡部和博
【ＳＴＡＦＦ】
作・演出・・・・・・西田大輔
舞台美術・・・・・・角田知穂
照明・・・・・・・・南香織（CHIDA OFFICE）
音響・・・・・・・・井上林童
SE・・・・・・・・竹内諒太
舞台監督・・・・・・青木拓也
大道具・・・・・・・秋友久美　高橋香織　新井健央
小道具・・・・・・・岩崎大輔
衣装・・・・・・・・瓢子ちあき
ヘアメイク・・・・・林美由紀
宣伝美術・・・・・・坂本華江
WEBデザイン・・・・髙橋邦昌
撮影・・・・・・・・カラーズイマジネーション
制作・・・・・・・・植野正浩
制作協力・・・・・・小比賀祥宣　安井なつみ
協力・・・・・・・・Office ENDLESS　劇団ショーマ　東宝芸能株式会社
劇団虎のこ　ヴォイスガレージ　BESIDE
Dance Company MKMDC　株式会社東京オリエンタル
プロデューサー・・・田中良子
企画・製作・・・・・icecream happy

西田大輔（にしだ・だいすけ）
1976年生まれ。日本大学芸術学部演劇学科卒業。
1996年、大学の同級生らと共に劇団AND ENDLESSを旗揚げ。以降、全作品の作・演出を手がけるほか、映画・アニメ等のシナリオを執筆している。
代表作に『美しの水』『SYNCHRONICITY LULLABY』『FANTASISTA』『GARNET OPERA』『ONLY SILVER FISH』など。

上演に関するお問い合わせ
〒179-0074　東京都練馬区春日町6-13-53
プロスパーⅡ 102
Office ENDLESS　Tel　03-5241-1682
Fax　03-6421-5702

ゆめゆめこのじ

2009年5月30日　初版第1刷印刷
2009年6月10日　初版第1刷発行

著　者　西田大輔
装　丁　サワダミユキ
発行者　森下紀夫
発行所　論創社
東京都千代田区神田神保町 2-23　北井ビル
tel. 03（3264）5254　fax. 03（3264）5232
振替口座 00160-1-155266
http://www.ronso.co.jp/
印刷・製本　中央精版印刷

ISBN978-4-8460-0327-2